Tonny Vos-Dahmen von Buchholz
ALS DER STIER BRÜLLTE

Tonny Vos-Dahmen von Buchholz

Als der Stier brüllte

Ein historischer Roman

Aus dem Niederländischen
von Yvonne Plum

Illustrationen von
Alexander Schütz

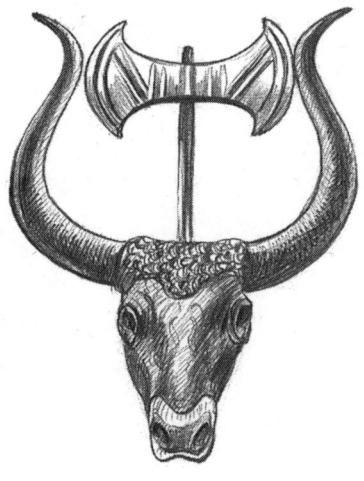

C. Bertelsmann

Die Originalausgabe ist 1991 unter dem Titel
»Het brullen van de Stier«
bei Uitgeverij De Fontein bv/Baarn erschienen.

1. Auflage 1994
© 1991 Tonny Vos-Dahmen von Buchholz
© 1994 der deutschsprachigen Ausgabe bei
C. Bertelsmann Verlag GmbH, München
Aus dem Niederländischen von Yvonne Plum
Lektorat: Christine Mayer
Umschlaggestaltung: Klaus Renner unter Verwendung
einer Illustration von Alexander Schütz
Innenillustrationen: Alexander Schütz
Satz: IBV Satz- und Datentechnik GmbH, Berlin
Druck: Mohndruck, Gütersloh
ISBN 3-570-12117-8 · Printed in Germany

Inhalt

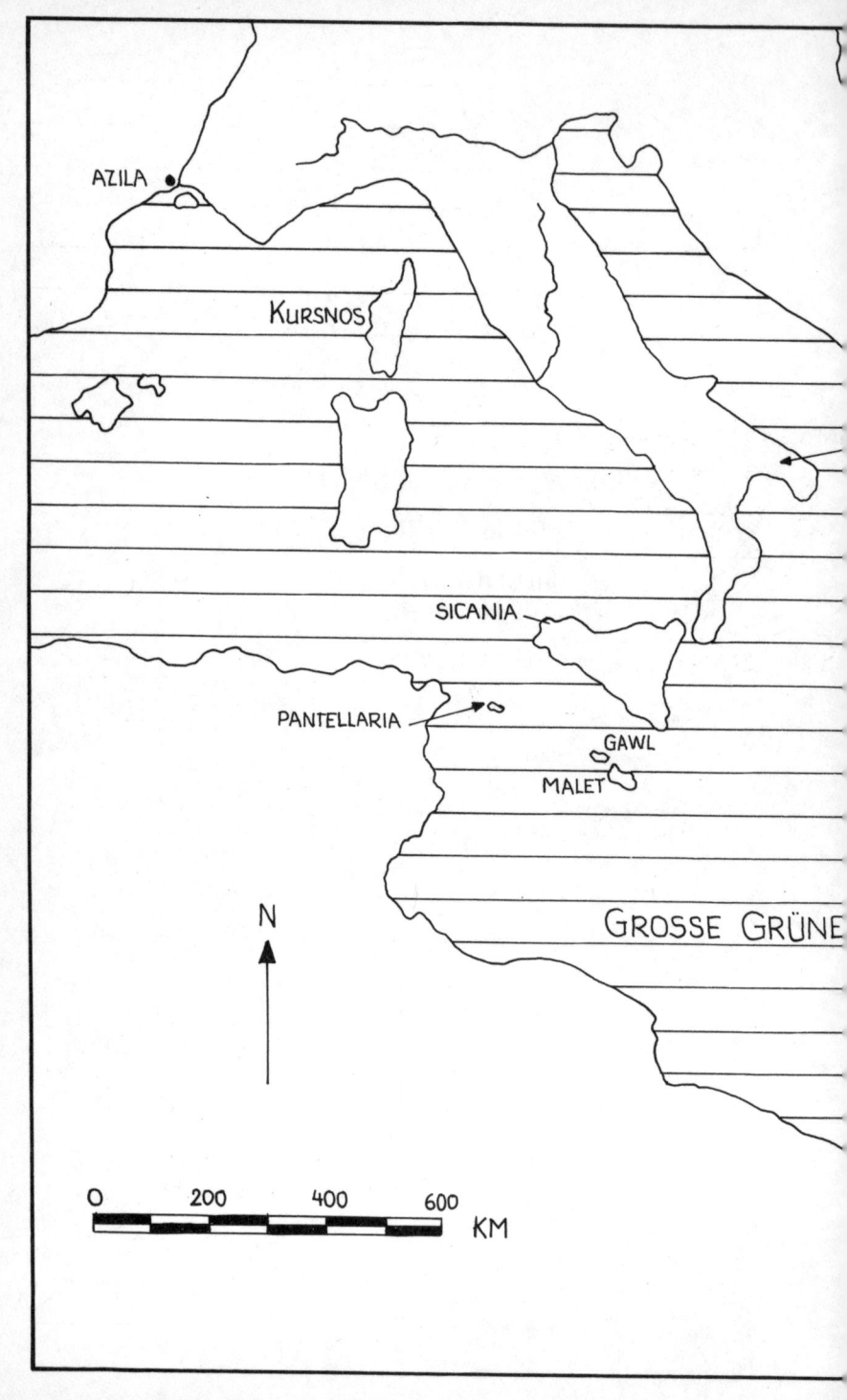

AZILA

KURSNOS

SICANIA

PANTELLARIA

GAWL

MALET

GROSSE GRÜNE

N

0   200   400   600

KM

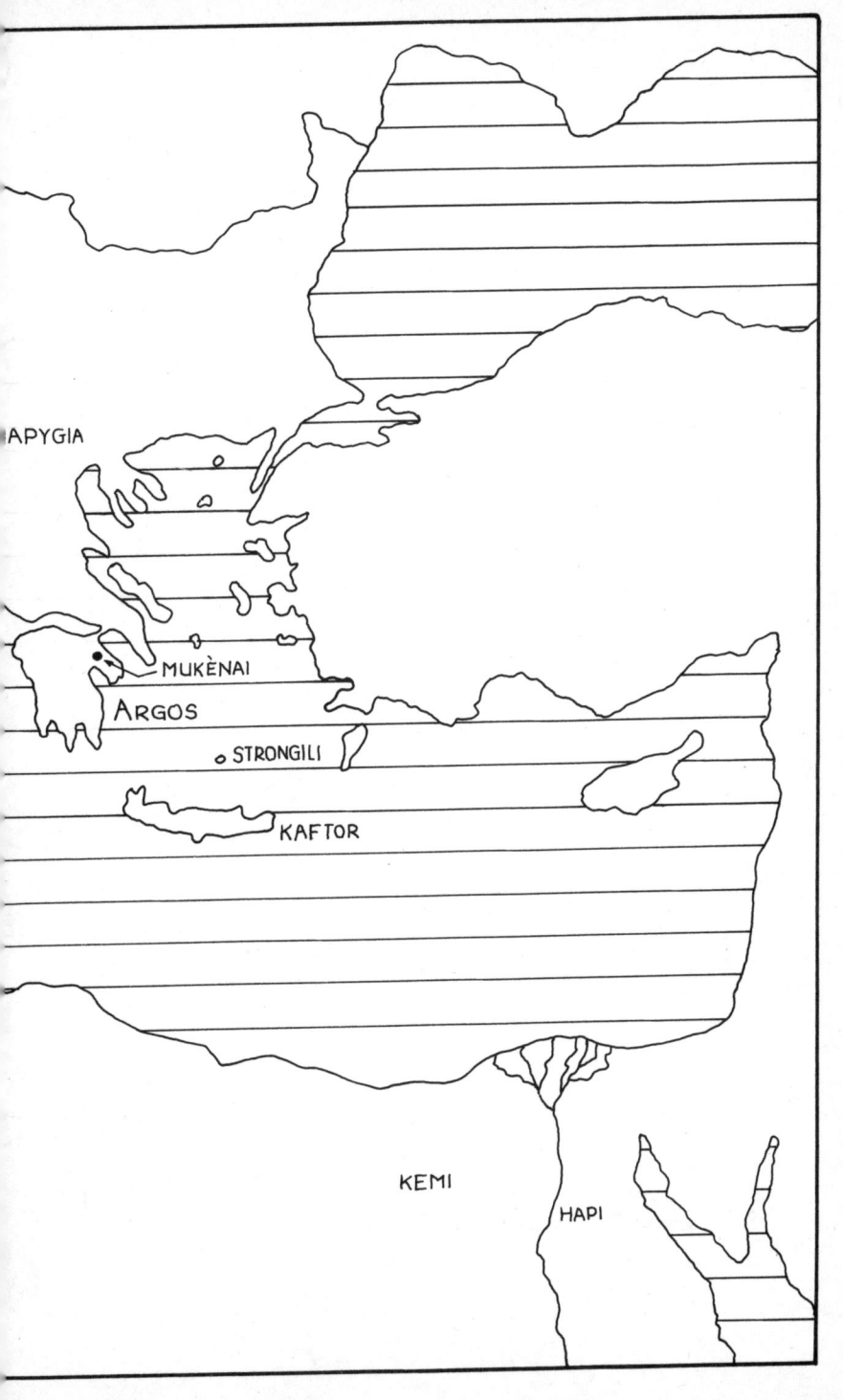

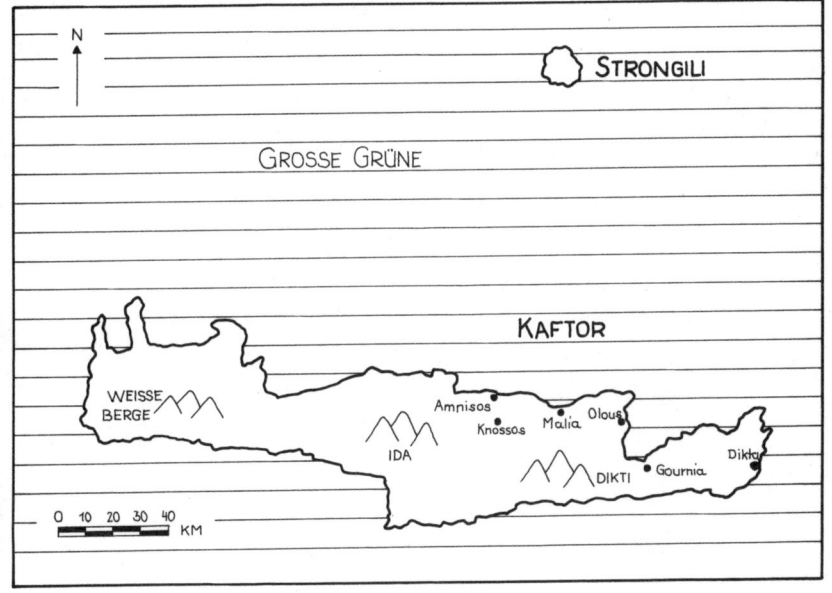

Der Stier brüllt

Kurz und furchtbar war die Katastrophe gewesen. Die Bewohner Kaftors waren nicht darauf vorbereitet. Sicher, tagelang hatten sie kleine Erdstöße wahrgenommen, die in Verbindung mit einem dumpfen Grummeln auftraten, ähnlich dem Grollen des Donners, aber das hatte sie nicht beunruhigt. Sie waren an das Brüllen des Stiers gewöhnt, das kam öfter vor. Doch diesmal hatten die zahlreichen Hunde auf der Insel nicht aufhören wollen mit Winseln und Jaulen, selbst als das

9

Beben schon längst abgeklungen war. So als hätten sie gewußt, was noch kommen sollte.

Als die Flutwelle kam, hatten viele Schiffe im Hafen gelegen. Von ihnen war wenig übriggeblieben, etwas Treibholz, hier und da noch ein Stück Fracht. Aus der Felsenküste waren riesige Brocken herausgesprengt worden, und das Meer hatte reiche Ladungen verschlungen, Umschlagplätze zerstört. Urplötzlich hatte sich die Mauer aus haushohen Wellen auf die Insel gestürzt, hatte schwerbeladene Schiffe und Hunderte von Menschen mit sich gerissen und hoch oben auf die Küste geschmettert. Und ebenso plötzlich hatten sich die Wassermassen zurückgezogen und in ihrem gewaltigen Sog alles mitgeschleift, was sich ihnen in den Weg stellte.

Im dichtbevölkerten Hafenviertel waren die leichtgebauten Häuser größtenteils eingestürzt oder vom Wasser fortgespült worden. Wer sich noch dazu aufraffen konnte, versuchte zu retten, was zu retten war.

Männer, Frauen und Kinder bemühten sich, Verwundeten zu helfen, Tote zu bergen, beschädigte Häuser abzustützen, eingestürzte Wohnungen nach noch Brauchbarem zu durchsuchen. Die meisten Männer arbeiteten im Hafen daran, die Schiffe wiederherzustellen, die in der Flutwelle aufeinandergeprallt und zersplittert waren wie Spielzeug.

Wie viele Menschenleben hatte die Katastrophe wohl gekostet? Was war die Ursache dieser unerwarteten Gewalt? Würde sich das Unglück wiederholen? Und wenn ja, wann?

Wer arbeitet, hat keine Zeit nachzudenken. Und wer sich abrackert bis zum Umfallen, läßt sich gerne durch die Dumpfheit der Erschöpfung in ein trügerisches Gefühl von Sicherheit einlullen.

Das Reich des Minos war stark, mächtig und wohlhabend! Sein Palast war durch die Erdstöße nur leicht beschädigt worden. Die Wogen hatten Knossos nicht erreicht. Mit starker Hand organisierten die Beamten des Minos den Wiederaufbau, deckten die unmittelbaren Lebensbedürfnisse aus den großen Palastvorräten, so wie sie es in Notzeiten immer getan hatten. Der Minos sorgte für sein Volk. Wenn jeder tat, was von ihm verlangt wurde, würden die Folgen der Katastrophe schon bald wieder der Vergangenheit angehören, würden bald wieder viele Schiffe im Hafen liegen, die Lagerhäuser mit Handelsgütern gefüllt sein.

Aber in den Siedlungen an der Küste wurde um viele, viele Tote und Vermißte getrauert. Wer konnte solchen Verlust wiedergutmachen?

Langsam und schleppend quälte sich der Schiffer Asterion den Hügel hinauf. Am Ende eines harten Arbeitstages war der lange Heimweg immer mühsam. Asterion hatte sein kleines, gemütliches Heim am äußersten Rand des Hafenviertels gebaut, hoch an einen Abhang. Viele Male hatte er so beim Dahintrotten bedauert, daß der Fleck, den er gewählt hatte, so weit vom Hafen entfernt lag. Seit jedoch das große Erdbeben und die darauffolgende Flutwelle die Häuser im niedriger gelegenen Viertel allesamt vernichtet hatten,

sein höher gelegenes Haus jedoch teilweise stehengeblieben war, bereute er seine Wahl nicht mehr. Beim
Gedanken an die Katastrophe kam Asterion sogar zu
der Einsicht, daß er ausgesprochenes Glück gehabt
hatte. Sein Haus stand noch größtenteils, der Wiederaufbau ging langsam, aber stetig voran, sein Boot war
schon beinahe wieder seetüchtig. Nur die Waren von
der letzten Reise waren rettungslos verlorengegangen,
als sein Umschlagplatz von der Flutwelle fortgespült
worden war. Das schmerzte. Die Reise nach Kemi war
so erfolgreich gewesen. Asterion dachte an die
Schätze, die er und seine Gefährten von einem hohen
Finanzbeamten des Pharao als Belohnung erhalten
hatten dafür, daß sie ihm seine entführte Tochter ge-
sund und wohlbehalten zurückgebracht hatten. Jetzt
war ihm, als sei das alles nur ein Traum gewesen. Asterion hatte schon öfter Warenladungen aus dem Palast
des Minos, die für den Pharao bestimmt waren, auf seinen Schiffen befördert. Aber noch nie hatte er auf so
einfache Art und Weise, nur durch das Zurückbringen
eines auf dem Sklavenmarkt freigekauften Mädchens,
so viel verdient. War die Belohnung zu leicht verdient,
zu groß gewesen in den Augen der Großen Mutter, die
die Erde geschaffen hat? Hatte sie es darum zugelas-
sen, daß durch den Sog der zurückströmenden Flutwelle sein Umschlagplatz mit all seinen Schätzen und
denen seiner Gefährten fortgespült wurde?

Das Brüllen des Stiers und die darauffolgende Katastrophe hatten seine Reisegefährten so erschreckt, daß
sie Kaftor sofort verließen. Sie hatten noch versucht,

ihn zu überreden, mit ihnen zu gehen. Aber ein Mann ist nur in seinem Heimatland zu Hause, bei seiner eigenen Familie. Er war geblieben, um wieder aufzubauen, was aufgebaut werden mußte, ehe er eine neue Handelsreise antreten würde. Er hatte Glück gehabt. Wie viele Männer im Hafenviertel hatten Mitglieder ihrer Familie verloren! Wie viele Schiffe waren unwiderruflich vernichtet, so daß den Schiffern nichts anderes übrigblieb, als sich als Knecht an die glücklicheren Schiffsbesitzer zu verdingen, die ihre Boote doch noch reparieren konnten!

»Nicht zurückschauen«, hatte er zu seiner völlig erschütterten Frau gesagt, »wir sind noch jung genug, um noch einmal neu anzufangen.«

Das klang gut. Sie stützte sich auf sein Vertrauen in die Zukunft. Während er im Hafen mit der Reparatur seines Bootes beschäftigt war, baute sie mit eigenen Händen das übel zugerichtete Haus wieder auf, bearbeitete das Land, sorgte für den kleinen Olivenhain. Und Costas, der vierzehnjährige Sohn, arbeitete mit, als wäre er ein Mann.

Einmal hatte der Junge nach einem aufreibenden Arbeitstag ganz entmutigt gesagt: »Vielleicht wäre es doch besser gewesen, mit den Männern aus dem Norden mitzugehen, in ein Land, wo es keine Erdbeben gibt!« Aber Asterion hatte empört darauf geantwortet: »Wir sind Keftiou, wir gehören nach Kaftor.«

In diesem Augenblick hatte er das auch so gemeint. Aber manchmal, wenn er nicht mehr konnte vor Müdigkeit, wenn ihm vor Augen stand, was er nach all den Jahren harter Arbeit verloren hatte, dann wurde auch Asterion schwach und dachte daran, von seiner Insel wegzuziehen. Bislang hatte er das aber immer vor seiner Familie verbergen können.

Asterion schrak aus seinen Gedanken auf, als er, beim Haus angekommen, durch die geschlossene Tür Stimmen hörte. Er erkannte die vertraute Stimme von Sia, seiner Frau, aber die Männerstimme wußte er nicht einzuordnen. Wer war das? Wer konnte denn um diese Tageszeit zu Besuch gekommen sein? Er stieß die Tür auf und blieb einen Augenblick auf der Schwelle stehen, um seine Augen an das Halbdunkel zu gewöhnen. Am Tisch saß ein Mann, der ihm irgendwie bekannt vorkam. »Guten Abend«, sagte Asterion, und dann erkannte er seinen Gast. Es war Leander, der jüngere Bruder seiner Frau, der ein paar Sommer zuvor mit einem Frachtschiffer nach Strongili gefahren war, um dort sein Glück zu versuchen. Der junge Mann hatte sich in dieser kurzen Zeit sehr verändert. Er machte einen völlig verstörten Eindruck, so als habe er etwas Furchtbares erlebt, über das er noch nicht hinweggekommen war.

»Leander«, sagte Asterion herzlich, seine eigenen Sorgen vergessend, »du tust gut daran, uns zu besuchen. Was führt dich her?«

Sia hob abwehrend die Hand. »Laß uns erst essen«, sagte sie schnell. »Leander ist erschöpft. Er hat eine schreckliche Reise hinter sich. Laß ihn erst ein bißchen zu sich kommen, der Abend ist noch jung.«

14

Trotz der schweren Zeiten wurde ein Gast auf Kaftor mit besonderer Fürsorge umgeben. Man ließ jemanden, dem es offensichtlich schlechtging, nicht seine Geschichte erzählen, ehe er gehörig gegessen und getrunken hatte.

Sia trug das Essen auf, wobei sie die vier kleinen Portionen in fünf noch kleinere aufteilte, und Costas goß die Becher voller Brunnenwasser. Wein wäre passender gewesen für den festlichen Empfang eines Familienmitgliedes, aber wer hatte noch Wein nach der Verwüstung, die die Flutwelle angerichtet hatte?

Obwohl die Fragen Asterion auf der Zunge brannten, behielt er sie für sich. Er wußte, daß irgend etwas nicht in Ordnung war, daß sein Schwager ihm gleich Dinge erzählen würde, die zumindest unangenehm waren. Unangenehme Nachrichten kamen immer noch früh genug. Die Kinder waren auffallend still. Selbst die fünfjährige Bela, sonst immer so geschäftig und unruhig, saß still vor ihrem Teller mit Gerstenbrei. Jeder spürte, daß sich etwas Unheilvolles anbahnte. Es war dunkel in dem kleinen Zimmer. Für das allernotwendigste Licht sorgte statt der großen Öllampe, die früher auf dem Tisch gestanden hatte, ein Fettöpfchen.

Draußen in der warmen Abendluft begannen die Zikaden zu zirpen. Sia bewegte sich wie ein Schatten durch den dunklen Raum. Sie kratzte die Kochpfanne leer, schaufelte noch ein letztes Essensrestchen auf Leanders Teller. Alle aßen schweigend; jeder wartete darauf, daß Leander fertig gegessen hatte, um dann

15

seine Geschichte zu erzählen. Costas' große, dunkle Augen wanderten fortwährend zu dem Onkel auf der anderen Seite des Tisches. Er hatte Angst, daß das, was sie gleich zu hören bekommen würden, neue Sorgen verursachen würde, Asterion und Sia waren sich dessen hingegen schon ganz sicher. Endlich schob Leander mit einer müden Geste seinen leeren Teller von sich weg. »Ich bin nicht zurückgekommen, wie ihr vielleicht gedacht habt«, sagte er. »Ich bin auf der Durchreise.«

»Auf der Durchreise? Wohin denn? Du wolltest doch auf Strongili bleiben. Ist es dort so schlimm?« Sias Fragen kamen zögernd, als habe sie Angst vor der Antwort.

Leander stützte die Ellbogen auf den Tisch und strich sich mit beiden Händen durch das Haar. Unter Zögern und Stocken begann er zu erzählen, was er mitgemacht hatte, seit er vor drei Sommern das wohlhabende Kaftor verlassen hatte. Er war nach Strongili gezogen. Das war eine Insel nördlich von Kaftor, zu der schon viele unternehmungslustige junge Männer aus dem überbevölkerten Kaftor aufgebrochen waren, um ihr Glück zu suchen. Die Berichte der Händler über die Pracht der kleinen, runden Insel, wo Reichtum herrschte, wo jeder wie ein Fürst lebte und wo es ungeahnte Möglichkeiten gab für unternehmungslustige junge Menschen, hatten viele angelockt.

Anfangs hatte sich alles genauso entwickelt, wie Leander es sich vorgestellt hatte. Er hatte schon bald sein eigenes Haus bauen können. Dann hatte er einen

Weingarten übernommen von einem alten Mann, der nach einem erfolgreichen, arbeitsamen Leben genug gespart hatte, um seinen Lebensabend in Ruhe und Reichtum zu verbringen. Und er hatte eine junge Frau kennengelernt, die sein Leben mit ihm teilen wollte.

»Vor zwei Monden begann das Unglück. Es begann mit dem Brüllen des Stiers.«

Während sie alle der müden Stimme lauschten, wurde es Asterion und seiner Familie klar, daß Strongili durch die Erdbeben noch viel schwerer getroffen worden war als Kaftor, daß es auf Strongili Verwüstungen angerichtet hatte, die mit denen von Kaftor nicht zu vergleichen waren.

»Plötzlich riß die Insel auseinander. Menschen und Häuser verschwanden einfach in der Tiefe. In Panik flüchtete jeder, der es noch schaffte fortzukommen, zur Küste, aufs Meer hinaus, weg von der Stadt, die durch die Erde verschlungen wurde. Auch ich bin geflüchtet. Aber die Erdstöße beruhigten sich. Und ich dachte an mein Haus, das ein Stückchen außerhalb der Stadt auf einen Abhang gebaut war und das ich vielleicht noch reparieren konnte. Ich bin zurückgegangen. Ich habe gearbeitet, Tag und Nacht, bis es wieder bewohnbar war, denn ich wollte eine Familie gründen, ich hatte schließlich ein schönes Stück Land und einen guten Weingarten. Ich suchte die ganze Insel nach meiner zukünftigen Frau ab, die ich seit der Katastrophe nicht mehr gesehen hatte. Aber ich fand sie nicht. Das Haus ihres Vaters in der Stadt stand nicht mehr. Ich hörte, daß sie hatte entkommen können, daß

sie mit ihren Eltern zusammen aufs Meer hinaus geflüchtet war, und ich hoffte, daß sie zurückkommen
würde, nachdem die Erdstöße aufgehört hatten. Ich
habe zwei Monde lang gewartet, sie ist nicht mehr zurückgekehrt.«

»Sie kann zu einer der anderen Inseln geflüchtet
sein«, sagte Sia ohne große Überzeugung. »Vielleicht
ist sie sogar auf Kaftor gelandet. Kaftor ist so groß.«

»Nein, sie ist auf See umgekommen. Das überladene
Boot ist umgeschlagen in den großen Flutwellen, die
nach dem Beben kamen. Sie kommt nie mehr zurück.«

»Wie willst du das denn mit Sicherheit sagen! Du
mußt nicht so…«

Ungeduldig fiel er Sia ins Wort. »Ich weiß es, weil
ich zum Orakel gegangen bin. Ich habe eine Priesterin
aufgesucht, die mit den Geistern und mit der Großen
Mutter in Kontakt steht. Sie kann aus den Träumen
und aus dem Vogelflug darauf schließen, was geschehen ist und was in der Zukunft noch geschehen wird.
Sie hat mir gesagt, daß ich nicht länger warten darf.
Daß ich Strongili verlassen muß, weil eine neue Katastrophe kommen wird, die die ganze Insel verwüsten
wird. Ich wollte erst nicht fort. Man läßt doch nicht
einfach alles so im Stich, was man gerade erst wieder
aufgebaut hat. Aber als ich erfuhr, daß auch die Priesterin selbst fortgezogen war, wagte ich nicht mehr zu-
rückzubleiben. Ich höre ihre Stimme noch immer im
Schlaf, jede Nacht. Und die Botschaft des Orakels ver-
gesse ich nie: ›Geh fort, warte nicht, bis der Stier aufs
neue brüllt, geh weit fort, denn was kommt, wird noch

furchtbarer sein.‹ Ich wagte es nicht, die Warnung in den Wind zu schlagen. Ich fand ein Schiff, das nach Kaftor fuhr, ich bin geflüchtet.«

»Hier kannst du bleiben«, sagte Asterion herzlich. »Betrachte mein Haus als das deine. Wir müssen natürlich nach dem Erdbeben und der Flutwelle noch viele Schäden beseitigen, aber wir arbeiten uns schon wieder hoch. Wo das Essen für vier reicht, reicht es auch für fünf. Gemeinsam sind wir stark.«

Es war gut gemeint. Darum traf es ihn wie ein Faustschlag, als Leander das Angebot rundheraus ablehnte. »Nein! Ich bin auf der Durchreise. Ich bleibe hier nicht länger als ein paar Tage. Wenn ich ausgeruht bin, fahr’ ich weg, weit weg. Und wenn du auf einen guten Rat hören willst, dann geh mit. Jetzt, wo es noch geht!«

Aber Asterion wiederholte, was er schon viele Male gesagt hatte: »Wir gehören hierher. Wir sind Keftiou.«

Sia kam einem sinnlosen Hin- und Hergerede über Vor- und Nachteile einer Flucht zuvor. »Du gehst jetzt schlafen. Du fällst ja um vor Müdigkeit. Jetzt kannst du keinen Entschluß fassen.«

Leander bekam einen Strohsack und eine Decke. Erschöpft sank er augenblicklich in tiefen Schlaf. Die anderen lagen lange Zeit wach, lauschten den Atemzügen des Gastes, den Zikaden, die draußen sangen, als sei nichts geschehen. Jeder war mit seinen eigenen verworrenen und sorgenvollen Gedanken beschäftigt. Die Nacht war drückend heiß.

Leander erwachte erst am Nachmittag des folgenden Tages. Sobald Asterion von seiner Arbeit im Hafen heimkam, wiederholte sich das Gespräch vom Vorabend. Immer wieder drängte Leander seine Schwester und seinen Schwager, daß sie mit ihm gehen sollten, fort von Kaftor, zu sichereren Orten.

»Aber was willst du denn, du hast ja nicht mal ein Boot. Wo willst du denn hin?«

»Dein Schiff liegt doch im Hafen. Sia hat mir erzählt, daß es beinahe wieder seetüchtig ist. Wir müssen weg, nach Westen, zur anderen Seite der Großen Grünen.«

In Asterions Erinnerung tauchten die Gefährten seiner letzten Reise nach Kemi auf. Hatten sie doch recht gehabt, als sie von ihrem Plan, nach Strongili zu fahren, absahen, um sicherere Gebiete aufzusuchen?

Es hatte schon mehr Erdbeben auf Kaftor und Strongili gegeben, aber wenn es vorbei war, war es vorbei. Für viele Jahre.

»Es ist vorbei, Leander. Du bist mit dem Leben davongekommen. Bleib bei uns. Wenn alles auf Strongili wieder ruhig ist, kannst du immer noch nachsehen gehen, was von deinem Haus stehengeblieben ist. Vielleicht hast du mehr Glück, als du denkst.«

»Das Orakel hat gesprochen. Es ist nicht vorbei. Es kommt noch mehr Unheil, und ich muß flüchten, solange es noch geht. Wenn du nicht mitkommst, dann werde ich morgen allein zur Südküste gehen. Dort müßte die Flutwelle weniger schlimm gewesen sein. Da finde ich sicher einen Schiffer, der mich mitnimmt.«

20

Seufzend räumte Sia die leergegessenen Teller ab. Still suchten die Kinder ihren Schlafplatz auf. Asterion wiederholte zum soundsovielten Mal: »Wir gehören nach Kaftor.« Aber er ertappte sich dabei, daß auch er an die Möglichkeit dachte wegzuziehen.

Sorgen hinderten ihn am Einschlafen, Sorgen um Sia und die Kinder. Unruhig stand er mitten in der Nacht auf und ging leise, um die anderen nicht zu wecken, nach draußen. Er hatte gehofft, der frische Wind vom Meer würde seine düsteren Gedanken vertreiben. Aber es gab keinen frischen Wind. Dunkle Gewitterwolken hingen über Kaftor, es war drückend heiß, und das Meer, das er weit in der Ferne sehen konnte, glänzte nicht wie sonst silberhell im Mondlicht, sondern es war dunkelgrau wie geschmolzenes Blei.

Asterion atmete tief ein. Der vertraute Geruch von Kaftors Kräutern fehlte. Die Zikaden schwiegen. Es war unnatürlich still. Asterion sah auf den Boden. Unter seinen Füßen schien sich etwas zu bewegen. Was war los? Spielte seine Phantasie ihm einen Streich? Er hörte ein leichtes Grollen, das innerhalb weniger Sekunden anschwoll, lauter und lauter! Nein, das war keine Einbildung, die Erde unter seinen Füßen bewegte sich tatsächlich!

Asterion drehte sich um, rannte zu seinem Haus zurück, wo nun auch die anderen wach geworden waren. Im tiefen Dunkel des kleinen Raumes klang Leanders Stimme heiser vor Angst:

»Es geht wieder los! Wir müssen fort, weg zum Hafen, zu deinem Schiff, aufs Meer hinaus.«

Asterion packte ihn am Arm. »Nein, nicht zum Hafen. Auf keinen Fall aufs Meer hinaus. Komm mit, landeinwärts, nach Knossos.«

Sia und die Kinder gehorchten, ohne Fragen zu stellen. Leander versuchte, sich loszureißen. »Der Hafen...«

»Nach einem Beben kommt eine Flutwelle, du Idiot! Wenn du zum Hafen flüchtest, sitzt du gleich mitten drin. Auf See werden wir zerschmettert, wie...« »Wie deine Frau«, hatte er sagen wollen, aber er konnte die Worte noch abwenden: »...wie die Menschen, die von Strongili geflüchtet sind.«

Wieder bewegte sich der Boden unter ihren Füßen, heftiger jetzt als vorher. »Gleich stürzt das Haus ein, komm mit, nach draußen!«

Asterion übernahm die Führung. Sia, die Kinder und Leander folgten ihm in die dunkle Nacht. Sie wanderten in Richtung Knossos. Die Stöße wurden stärker, von allen Seiten erklangen Schreie aus flüchtenden Menschengruppen. Asterion fragte sich, ob er wohl recht daran tat, nach Knossos zu flüchten, fort vom Meer. Er wußte es nicht sicher, tat nur, was sein Gefühl ihm eingab.

Sie waren erst auf halbem Weg, als hinter ihnen, im Norden, der Himmel rot wurde.

Rotglühende Blitze durchzuckten die dunklen Wolken, der Himmel schien zu brennen wie ein gewaltiges Feuermeer. Immer heftiger wogte die Erde unter den Füßen der Flüchtlinge. Schwere Felsbrocken, durch keine Menschenhand zu bewegen, rollten den Abhang hinunter wie Kieselsteine. Es schien, als ob in der Ferne, nördlich von Kaftor, ein Feuerregen aus dem Himmel niederfiel.

Bela klammerte sich an Sias Rock, Asterion hielt Leanders Handgelenk mit festem Griff. Ständig befürchtete er, daß der Mann durch die Wiederholung dessen, was er auf Strongili mitgemacht haben mußte, in Panik geraten und den Kopf verlieren könnte. Und er konnte sich ins Unglück stürzen, indem er genau dorthin flüchtete, wo die Gefahr am größten war. Den grauenvollen Feuerregen hinter sich, flüchteten sie landeinwärts, nach Knossos, als könnte der Palast des Minos Sicherheit bieten. Asterion wußte, daß das nicht der Fall war, aber ihre Überlebenschancen standen dort doch besser als dicht an der Küste.

Keuchend erreichten sie den Fuß eines kleinen Hügels. Schon sahen sie die Umrisse der Torburg des nördlichen Palasteingangs, die sich dunkel gegen den merkwürdig hellen Himmel abzeichneten. Ein ohrenbetäubender Knall ertönte. Sia fiel und riß dabei die Kinder mit, auch Asterion strauchelte. Die Erde erbebte. Noch einmal schossen Lichtblitze über den nördlichen Himmel. Dann senkte sich die Dunkelheit über Kaftor, wie ein schwarzer Mantel, der alles bedeckte, so als wollte die Göttin der Erde die überlebenden Menschen vor der Wut des Stieres schützen; als finde sie, daß es nun genug gewesen sei.

Die Flüchtlinge kauerten sich dicht aneinander.

»Bald kommt das Wasser«, sagte Asterion leise. »Es kann nicht mehr lange dauern. Ich hoffe, daß wir hier sicher sind. Letztesmal ist die Flutwelle nicht so weit landeinwärts gedrungen.«

Die Erderschütterungen hatten aufgehört. Jetzt gab es nur noch Dunkelheit und Angst.

Das Wasser kam noch in derselben Nacht. Wellen, die bis zum Himmel reichten, rasten über das weite Meer und vernichteten und zerschmetterten alles, was sich ihnen entgegenstellte. Kleine Inseln versanken, verschluckt von unendlichen Wassermassen. Dann erreichten die Wellen Kaftors Nordküste. Kaftor war groß. Es verschwand nicht vollständig unter der Wasseroberfläche, aber die Gewalt der Flutwelle zerschmetterte Häuser, Schiffe, Menschen. Was nach der ersten Überschwemmung vom Hafen Amnisos noch übriggeblieben war, das wurde nun wie Spielzeug zerschlagen. Wer nicht rechtzeitig landeinwärts geflüchtet war, wurde verschlungen.

Verzweifelte Flüchtlinge, vom Wasser eingeholt, wurden durch die unwiderstehliche Kraft der zurückfließenden Wogen ins offene Meer hinausgerissen. Und wieder blieb Knossos verschont. Der große Palast, der bei den schweren Erdbeben stehengeblieben war, wurde auch diesmal nicht von der Flutwelle fortgerissen. War es der Wunsch der Großen Mutter, daß ihr Priester-König verschont blieb?

Dutzende, Hunderte von Flüchtlingen, denen es gelungen war, die Hügel rings um den Palast zu erreichen, verbrachten die Nacht in Dunkelheit und Todesangst, jeden Augenblick neues Entsetzen erwartend.

Stille senkte sich über das Katastrophengebiet. Eine unwirkliche Stille. Kein Hahn kündigte mit seinem Krähen den neuen Tag an, kein Vogel begrüßte die Rückkehr der Sonne, denn die Sonne kehrte nicht zurück. Schwere, schwarze Wolken hingen über Land und Meer. Warum blieb es so dunkel?

Vorsichtig kamen die Flüchtlinge aus ihren nächtlichen Verstecken zum Vorschein. Über die Straßen und quer durch das Land schleppten sich die Überlebenden zu den Palastpforten, um beim Minos Hilfe, Nahrung und Schutz zu suchen. Auch Asterion und seine Familie reihten sich in den Strom der Verzweifelten ein. Die Palastbeamten bemühten sich, Ordnung in das Chaos zu bringen, teilten Essen aus, brachten Verletzte unter.

»Ihr bleibt hier«, sagte Asterion zu Sia und den Kindern. »Leander und ich gehen zurück nach Amnisos. Wir müssen wissen, was dort noch steht, wie der Zustand an der Küste ist.«

»Ich gehe mit!« Costas wollte nicht zurückbleiben. Hatte er nicht bei der vorherigen Katastrophe seinem Vater wie ein Mann geholfen? Warum mußte er nun hierbleiben, bei den Frauen und Kindern? Aber Asterion wies ihn kurzerhand ab. »Du kümmerst dich um deine Mutter und dein Schwesterchen. Bis ich zurück bin.«

Costas fügte sich. Er war ja auch erst vierzehn und konnte sich nach der durchwachten Nacht nicht mehr auf den Beinen halten. Sia zog die Kinder zu sich in eine Ecke der Palastmauer.

Der Hafen Amnisos war verschwunden. Wo er einst gelegen hatte, sah man nur noch ein einziges riesiges Loch, und in der Bucht schaukelten Treibholz und Überreste der einst so prächtigen Schiffe, umgeben von treibenden Bimssteinfeldern. Sprachlos sahen die Männer das Chaos in der Bucht und am Strand. Asterion konnte nicht einen einzigen kenntlichen Überrest seines Schiffes entdecken. Neben sich hörte er Leanders Stimme: »Hattest du etwas anderes erwartet?«

Asterion schüttelte den Kopf. Nein, er hatte nichts anderes erwartet, auch wenn er tief in seinem Herzen auf ein Wunder gehofft hatte.

»Komm mit, sehn wir mal nach, was von deinem Haus noch übrig ist.«

Die Rollen schienen vertauscht. Leander, für den der Schock, all seinen Besitz verloren zu haben, schon einige Zeit zurücklag, der keine Hoffnung mehr hegen konnte, war nun stärker als Asterion, der wider besseres Wissen hoffte, seinen Weingarten, seinen Olivenhain, sein Kornfeld wiederzufinden.

Mühsam suchten sich die beiden Männer ihren Weg durch Trümmer und umgestürzte Mauern zum Hafenviertel. Was dort während der vergangenen Monde wiederaufgebaut worden war, war nun endgültig verschwunden. Sie wagten sich nicht einmal mehr in die engen Gassen, in denen Überlebende nach Toten suchten und nach ihrem Hab und Gut. Um das Hafenviertel herum schleppten sie sich langsam hügelaufwärts.

Und dann erblickten sie etwas, was keiner von ihnen für möglich gehalten hatte: einige Mauern von

Asterions Haus, die auch die zweite Katastrophe überstanden hatten. Zwar waren die Nord- und Ostwand zerschlagen, das Dach eingestürzt, aber einiges stand noch, nicht alles war fortgespült.

Ein klein wenig Hoffnung erwuchs in Asterion, während er über die Trümmer in sein Haus stolperte. Solange wenigstens noch etwas steht, hatte er sich selbst immer wieder gesagt, solange es noch die geringste Möglichkeit zum Wiederaufbau gibt, so lange bleibe ich! Was jetzt passiert ist, habe ich in meinem ganzen Leben noch nicht mitgemacht. Warum sollte es also noch einmal passieren? Aufbauen, neu beginnen!

In der Südwestecke des Hauses fand er den Hausaltar und an seinem Fuß die entzweigebrochene Figur der Schlangengöttin. Er hob die Stücke auf, preßte sie aneinander. Daß er diese Statuette noch gefunden hatte! Er würde sie reparieren können. Er schaute auf die Schlangen, die sich um die Arme der Göttin ringelten, auf die hohe Kopfbedeckung, auf den Rock mit den Volants. War es ein Zeichen der Göttin selbst, daß er gerade sie wiederfand? Zwischen den Trümmern lag ein zerrissenes Halstuch von Sia, und Asterion wickelte die Figur darin ein. »Komm«, sagte er, mit neuer Hoffnung in der Stimme, »ich muß sehen, was mit dem Weingarten passiert ist, mit den Olivenbäumen.«

Einen großen Teil seines Reichtums hatte Asterion seinem Land zu verdanken. Wenn er auf See war, versorgten Sia und Costas den kleinen Weingarten, das Kornfeld, die Olivenbäume. Als vor zwei Monden sein Schiff so schwer beschädigt worden war und es abzusehen war, daß die Reparatur lange dauern würde, war es sein Trost gewesen, zu wissen, daß inzwischen das Korn reifte, der Wein wuchs und die Olivenernte in diesem Jahr größer zu werden versprach als im Jahr zuvor. Sein Land war von der Flutwelle nicht überspült worden.

»Wir haben immer noch das Land, wir schaffen es schon!«

An der Stelle, an der einst die Tür gewesen war, stand Leander. Er gab keine Antwort, er starrte in die Luft. Kleine weiße Flöckchen segelten mit dem Wind herab, erst wenige, dann immer mehr, wie ein Nieselregen, der immer dichter wird. Leander sog die Luft ein. Sie roch nach erloschenem Feuer, und er begriff, daß sich hier wiederholte, was er auf Strongili erlebt hatte: »Der Ascheregen kommt!«

Das Meer war über das Land gerast, das salzige Wasser hatte die Weinernte vernichtet, das Kornfeld verdorben, viele Olivenbäume entwurzelt. Ein paar besonders kräftige Eichen standen noch aufrecht und hoben ihre entblätterten Zweige gen Himmel. Weiße Asche senkte sich auf sie herab. Asterion ließ sich auf einen Stein sinken und blickte müde über sein Land. Er bückte sich, ergriff eine Handvoll Asche, ließ sie langsam durch seine Finger gleiten. Ihm war, als ob damit alle Hoffnung aus ihm herausrann, er fühlte sich völlig leer.

»Alles weg! Alles!«

Neben ihm sagte Leander: »Steh auf! Wir holen Sia und die Kinder. Wir müssen hier weg. Wir leben noch!«

Es begann eine furchtbare Reise von Knossos zur Westküste von Kaftor. Als sie loszogen, waren sie noch in recht guter körperlicher Verfassung, doch unterwegs magerten sie zusehends ab, und als sie schließlich vom letzten Ausläufer der Weißen Berge auf die Westküste niederschauten, waren sie ausgemergelt und hungrig. Sie führten ein Leben primitivster Art. Tagsüber gingen Asterion und Leander auf Jagd, und abends suchten sie für Sia und die Kinder am Fuße des

Gebirges einen geschützten Spalt oder eine Höhle. Da sie weder Pfeil noch Bogen hatten, hatte Leander eine Schleuder gemacht. Und weil er schon als Kind eine besessen hatte, wußte er sie bald geschickt zu handhaben. Fast immer gelang es ihm, einen Vogel aus der Luft zu holen, manchmal traf er einen Hasen, einmal eine junge Bergziege. Leander verhinderte, daß sie unterwegs vor Hunger umkamen. Asterion konnte mit der Schleuder nicht umgehen. Dafür besaß er jedoch noch ein Bronzemesser, mit dem er die Beute ausweiden konnte. Sia hielt fortwährend Ausschau nach eßbaren Kräutern und Pflanzen, nach Vogelnestern mit Eiern. An Bergbächen löschten sie ihren Durst. Aber sie wußten, daß sie so nicht lange würden durchhalten können. Aus Angst vor einer neuen Flutwelle hielten sie sich in sicherem Abstand vom Meer entfernt.

Es kam keine neue Flutwelle. Die Erde erbebte nicht mehr. Nur der Ascheregen fiel weiter; jedoch ließ er zunehmend nach, je weiter sie nach Westen kamen.

Unterwegs wurde kaum gesprochen. Regelmäßig mußte entweder Asterion oder Leander die kleine Bela auf den Schultern tragen. Costas hielt tapfer mit.

Die Reise dauerte siebzehn Tage. Dann erreichten sie die Westküste. Die Angst vor einem weiteren Beben war gewichen. Der Westen der Insel hatte unter der Katastrophe sichtbar weniger zu leiden gehabt als die östliche Hälfte. Doch auch hier lag eine dünne Ascheschicht über dem Land, die das pflanzliche Leben erstickte, aber zum Glück konnten die Küstenbewohner sich noch mit Fisch ernähren.

»Jetzt noch ein Boot finden, das uns mitnimmt!« Unmerklich hatte Leander die Führung übernommen. Asterions Spannkraft schien verschwunden. Fast jede Nacht durchlebte er in Alpträumen die Katastrophe aufs neue, und wenn er morgens aus unruhigem Schlaf erwachte, hatte er größte Mühe, den neuen Tag mit Vertrauen zu beginnen. Am liebsten hätte er gesagt: »Geht ihr nur. Laßt mich hier zurück. Ich kann nicht mehr!« Aber so etwas sagt man nicht, wenn man für seine Frau und zwei Kinder sorgen muß.

»Es dauert nicht mehr lange«, hatte er ständig wiederholt. Was würde nicht mehr lange dauern? Die Reise zur Westküste? Als ob das alles war! Eine Reise an einem Gebirgsfuß entlang kann man überleben. Aber dann?

Sobald Asterion merkte, daß im Westen von Kaftor nur sehr wenig Ascheregen niedergegangen war, erwuchs in ihm die Hoffnung, daß er vielleicht doch mit seiner Familie auf seiner Insel bleiben konnte. Vielleicht war es ja doch nicht nötig, aufs Meer hinauszufahren und nach einem sichereren Land zu suchen. Als er das jedoch aussprach, stieß er bei Leander auf heftigen Widerstand.

»Hast du noch immer nichts dazugelernt? Ich habe dir doch gesagt, daß neue Katastrophen im Anzug sind. Das Orakel auf Strongili hat es prophezeit. Weg, weg von hier, nach Westen, so schnell wie möglich!«

»Wir sind doch jetzt schon siebzehn Tage unterwegs, und es ist kein neues Beben gekommen.«

»Zwischen der ersten und der zweiten Katastrophe

auf Strongili lagen zwei ganze Monde! Es kann jeden Augenblick wieder aufs neue losgehen!«

»Ohne Boot? Wir sind doch hilflos ohne Boot!«

»Ihr bleibt hier«, sagte Leander. »Morgen früh, wenn es hell wird, werde ich zur Küste hinuntergehen. Dort sind Siedlungen, und ich glaube nicht, daß die Flutwelle da genausoviel Schaden angerichtet hat wie in Amnisos. Wenn es dort noch ein seetüchtiges Boot gibt, finde ich es. Bleibt hier und wartet, bis ich zurückkomme.«

Bela begann zu weinen.

»Ja«, sagte Sia, »wir suchen uns eine Höhle und warten, bis Leander zurückkommt. Hier haben wir wenigstens Wasser!«

Und wieder senkte sich eine Nacht über die geschundene Insel.

Leander kam nicht sofort zurück, und in den folgenden zwei Tagen wuchs die Unsicherheit bei den Zurückgebliebenen. Der einzige Vorteil an der Situation war, daß sie nun gezwungen waren auszuruhen, was vor allem für die Kinder wichtig war. Am Abend des dritten Tages, als Asterion und Sia schon fürchteten, daß Leander ein Unglück zugestoßen sei, raschelte es in den nahen Sträuchern, und losgetretene Steine rollten den Abhang hinab. Kurz darauf erblickten sie Leander. Er brachte Essen mit und gute Nachrichten.

»Drüben ist eine Siedlung mit fünf Bauernhöfen. Die Äcker sind zwar durch den Ascheregen verdorben, aber es gibt noch zu essen, die Bauernhöfe stehen noch. Sie stehen hoch oben auf einer Klippe. Die Flutwelle hat sie nicht erreicht. Und sie haben da auch genug Fisch.«

Während Leander seine Erlebnisse erzählte, brieten sie den Fisch über dem Feuer.

»Ich habe ein Boot gefunden. Nicht von den Bauern an der Küste, das sind keine Seefahrer. Die haben zwar ein paar kleine Fischerboote, aber die sind nicht seetüchtig. Außerdem sind sie durch die Flutwelle auf die Felsen geschlagen und ziemlich stark beschädigt worden. Aber es ist ein Schiffbrüchiger angespült worden, mit seinem Boot. Er kommt von einer Insel im Westen. Er war gerade südlich der Insel beim Fischen, als er vom Unwetter überrascht wurde. Es kam so plötzlich, daß er keine Gelegenheit mehr hatte, sein Segel zu streichen. Sein Kamerad fiel über Bord, der Mast brach ab, und er selbst ist im Boot unglücklich ausgeglitten. Er hat sich das Bein gebrochen, aber er lebt noch. Mehr tot als lebendig ist er mit dem Westwind nach Kaftor getrieben. Wie viele Tage er halb bewußtlos in seinem Boot gelegen hat, weiß er nicht. Er ist dort drüben gestrandet, und die Bauern haben ihn gerettet. Seit der Mann wieder ansprechbar ist, sagt er immer nur das eine: Er will weg, zurück nach Malet. Aber er kann sein Boot nicht allein steuern und keiner von den Bauern wagt es, mit ihm nach Westen zu fahren. Ich habe euch schon gesagt, daß die Leute hier nur an die Küstenfischerei gewöhnt sind. Weit auf das Meer wagt sich keiner von ihnen hinaus.«

Es war, als ob Asterion aufwachte. Gespannt

33

lauschte er den Schilderungen Leanders, und noch bevor der andere mit seiner Geschichte fertig war, hatte er es schon ausgesprochen: »Hast du Malet gesagt? Kommt er aus Malet? Da bin ich gewesen, auf der Durchreise, ich hab' da mal Wasser aufgenommen.«

»Stimmt«, sagte Leander. »Ich habe mit dem Mann gesprochen. Er hat einen merkwürdigen Akzent, aber wir konnten uns gut verständigen. Ich habe ihm gesagt, daß wir ihn zurückbringen, daß er uns dann aber alle fünf mitnehmen muß.«

»Geht das denn?«

»Es wird eng werden, aber es muß gehn. Das ist seine einzige Chance, hier wegzukommen, und es ist unsre einzige Chance, nach Westen zu flüchten.«

Asterion wußte besser als jeder andere, welche Gefahren mit einer Reise nach Westen über ein unruhiges Meer verbunden waren. Durfte er Sia und die Kinder diesem Risiko aussetzen? Wenn es wieder ein Beben gab, dann würde unter der darauffolgenden Flutwelle jedes Boot brechen. Aber war die Gefahr, hier auf Kaftor das Leben zu verlieren, nicht mindestens ebenso groß? Hier hatten sie nichts mehr, kein Haus, kein Land, kein Boot. Wenn er wieder ein Boot hatte, konnte er zumindest um ihr Leben kämpfen. Außerdem hatte er in Leander eine große Hilfe. Leander konnte ein Boot steuern, auch wenn er noch nie weiter als bis Strongili gekommen war. Er, Asterion, kannte die Große Grüne bis nach Azila. Die ganzen Tage lang, die sie von Amnisos nach Westen unterwegs gewesen waren, hatte er sich verzweifelt gefragt, wie er an ein

Boot kommen könnte. Was Leander nun entdeckt hatte, bot ihnen allen eine Chance zu überleben. Dem Eigentümer des Bootes war ebenfalls damit gedient. Er brauchte einen guten Schiffer, einen Seemann mit Erfahrung. Das war eine Chance, die sie mit beiden Händen ergreifen mußten.

»Hast du das Boot gesehen? Ist es seetüchtig?«

»O ja. Es muß wohl das eine oder andere repariert werden, und natürlich müssen wir einen Mast haben. Aber das kriegen wir beide schon hin. Und nun müssen wir uns beeilen. Es reisen immer mehr Flüchtlinge aus dem Osten von Kaftor an, und womöglich kommt uns noch ein anderer zuvor!«

Noch lange saßen sie bei dem glimmenden Feuer zusammen. Die Kinder, seit langem wieder satt und vollgegessen, schliefen wie die Murmeltiere. Die drei Erwachsenen hingen ihren eigenen Gedanken nach. Sia würde zum erstenmal ihre Heimat verlassen. Sie hatte Angst vor dem, was sie erwartete, wußte aber, daß sie keine Wahl hatte. Was sie auch erleben würden, sie würden es zusammen erleben: sie, Asterion und die Kinder. Und es war gut, daß auch Leander da war. In den Augenblicken, in denen Asterion alle Hoffnung aufgegeben hatte, hatte er das Heft in die Hand genommen. Sie wußte, daß sein Optimismus zum Teil seinem Mangel an Erfahrung zuzuschreiben war, aber in bestimmten Augenblicken hatte er es geschafft, sich und den anderen Mut zu machen. Sia hatte Angst vor dem Meer, aber sie wußte, daß Asterion ein ausgezeichneter Seemann war.

Leander wollte nur das eine: so bald wie möglich nach Westen gehen, tun, wovon das Orakel gesagt hatte, daß er es tun müsse. Schließlich ließ er auf Kaftor nichts zurück. Den Schmerz des Verlustes von allem, was ihm lieb und teuer gewesen war, hatte er schon auf Strongili durchlebt.

Als Sia und Leander eingeschlafen waren, saß Asterion noch lange allein bei der letzten Feuersglut. Seine Finger tasteten nach dem kleinen, in das kaputte Halstuch gewickelten Päckchen. Im letzten Schein des Feuers paßte er die beiden Hälften von dem Bildnis der Schlangengöttin wieder aneinander. Er würde seine Insel verlassen. Vielleicht für immer. Er mußte dankbar sein für die Chance, die sich ihm bot. Viele Menschen hatten die Katastrophe mit dem Tod bezahlen müssen. Er war verschont geblieben, und mit ihm seine ganze Familie. Er nahm die Göttin von Kaftor mit. Er würde ihr wieder einen Altar bauen, sobald er in einem neuen Land ein Unterkommen gefunden hatte.

In der folgenden Nacht schlief er zum erstenmal ohne Angstträume.

Das neue Land

Sobald Asterion das Boot aus Malet sah, kehrte sein alter Lebensmut zurück. Es war ein prächtiges Boot mit einem hohen Steven, auf den zwei Augen gemalt waren. Ein Halbdeck bot ausreichend Schutz gegen Wind und Regen oder überschwappende Wellen. Der Eigentümer des Bootes war Manolis, ein harter Mann, launisch geworden durch die ständigen Schmerzen in seinem zu spät geschienten Bein. Er wußte, daß er lahm bleiben würde und daß es noch lange dauern würde, bis er wieder gut zurechtkam. Dadurch war er nicht gerade besonders entgegenkommend zu anderen. Am liebsten hätte er gesagt, daß er nur den Schiffer und möglicherweise dessen Helfer mitnehmen werde, aber es war ihm doch klar, daß Asterion nicht die Absicht hatte, seine Frau und Kinder zurückzulassen. Notgedrungen fand er sich mit der Situation ab.

Die Reparatur der kleineren Schäden und das Anbringen eines neuen Mastes dauerten zwei Tage. Die Fahrt nach Westen nahm sechs Tage in Anspruch. Sechs Tage, an die sich vor allem Sia später nur noch als eine Zeit unaufhörlicher Seekrankheit erinnern konnte. Auch die Kinder lagen mehr tot als lebendig in dem heftig schwankenden Boot. Asterion und Leander hatten alle Hände voll zu tun mit Segel und Steuerriemen. Es wehte ein starker Wind, der zum Glück jedoch hauptsächlich von Osten kam. Die von Kaftor mitge-

nommenen Nahrungsmittel, die die Bauern an der Küste hatten entbehren können, wurden praktisch nur von den Männern gegessen. Sia und die Kinder konnten kaum etwas bei sich behalten.

Asterion erblickte als erster von allen den schmalen, dunklen Landstreifen am Horizont, und er atmete erleichtert auf. Das mußte Malet sein. Als sie sich weiter der Küste näherten, wurden selbst die Seekranken wieder munter. Hoch und steil ragten die Klippen von der Südküste Malets gen Himmel. So hoch konnte schließlich keine Flutwelle reichen!

»Ragt die ganze Insel so hoch aus dem Meer auf?« fragte Costas.

»Nein, die Nordküste senkt sich langsam ab. Dort gibt es ganz tiefe Buchten, phantastische Häfen.«

»Wo müssen wir hin?«

Schiffer Manolis gab die Anweisungen. »Du darfst

nicht direkt auf die Südküste zufahren, sondern mußt den Kurs nach Südost nehmen. Dort gibt es eine Bucht, einen guten Hafen, da müssen wir hin.«

Von der Südostspitze Malets aus umrundeten sie die Klippen. Vor ihnen lag eine breite Bucht, geteilt von einer Halbinsel. Auch hier waren noch Spuren der Katastrophe sichtbar, aber die Fischerboote waren nicht zerschlagen. Die Siedlung selbst lag hoch über dem Hafen. Vorläufig waren sie in Sicherheit, eine gewaltige Erleichterung! Natürlich stellten sich ihnen neue Probleme. Wie beginnt man ein neues Leben in einem fremden Land, wenn die Kleidung auf dem Leib das einzige ist, was man noch besitzt? Hin- und hergeris-

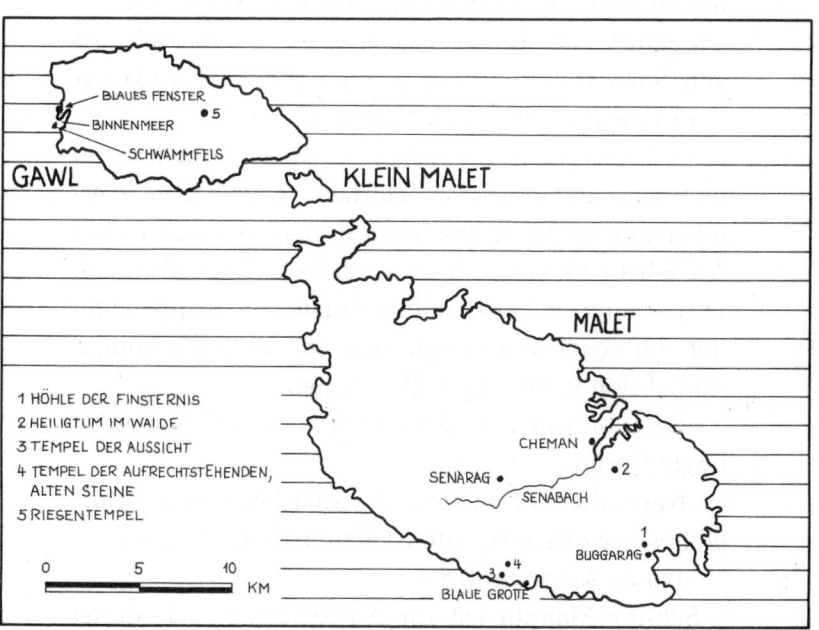

sen zwischen einem unwirklichen Gefühl völliger Leere und einem Fünkchen Hoffnung auf ein sicheres Leben fielen die Keftiou nach einer kräftigen Mahlzeit aus Schaffleisch und Honigkuchen augenblicklich in tiefen Schlaf. Sie verbrachten die Nacht in dem Stall, aus dem Manolis' Ziegen laut meckernd verjagt worden waren, um Platz für die Flüchtlinge zu machen.

Für den vollständig Besitzlosen ist seine Arbeitskraft die einzige Handelsware. Der Wechsel von dem so wohlhabenden Dasein auf Kaftor zum primitiven Kampf ums Überleben auf Malet war enorm. Ein neuer Anfang mit Frau und Kindern, wenn man schon fast vierzig ist? Warum nicht? Es gab schließlich keine andere Wahl. Schwimmen oder untergehen.

Manolis, sehr zufrieden mit Asterions Können zur See, konnte ihn vorläufig nicht entbehren. Manolis wohnte in einer ovalen Hütte in einem Dorf auf einem hochgelegenen, dreieckigen Stück Land. Schon von weitem war deutlich zu sehen, daß das ein ziemlich sicherer Wohnort war. An zwei Seiten wurde er durch Abhänge begrenzt, die steil zu einem ausgetrockneten Flußbett hin abfielen. Die dritte, flache Seite wurde durch eine hohe Mauer aus schweren Steinen geschützt.

»Buggarag!« verkündete Manolis. »Alle Dörfer, die so gebaut sind, tragen Namen, die auf rag enden. In einem Rag lebt man ziemlich sicher. Man hat nach allen Seiten gute Sicht, und es ist für einen Feind nicht einfach, ein solches Dorf zu überfallen.«

Innerhalb der Mauer lagen zahlreiche Hütten, und schon bald begannen Asterion und Leander mit dem Bau einer eigenen Wohnung, wobei ihnen von Costas und Sia geholfen wurde. Wenn er nicht für Manolis arbeitete, begleitete Asterion Leander, der überall anpackte, etwa beim Beladen und Löschen von Schiffen, beim Fischen dicht unter der Küste, beim Reparieren von Netzen oder Ausnehmen des Fangs. In der Nähe eines Hafens kann man immer Arbeit finden. Sia flocht Körbe, spann Schafwolle und versorgte, wo nötig, die Kranken in der Siedlung. Und doch dauerte es eine Weile, bis sich die Bewohner von Buggarag an die Neuen gewöhnt hatten. Sie waren nicht unfreundlich, hielten sich aber stets zurück, denn die Sprache und Art der Flüchtlinge unterschied sich von der ihren. Die Kinder nahmen die ersten freundschaftlichen Kontakte auf. Kinder kümmern sich nicht um Sprachunterschiede oder andere Gewohnheiten. Noch ehe die Nothütte stand, redete Costas schon in einer Mischsprache, der Sia und Asterion kopfschüttelnd lauschten. Bela fand in Lani, dem Töchterchen von Manolis und seiner Frau Lo, eine großartige Freundin, die sie beherrschte, aber auch bemutterte. Durch ihre fünf Brüder wurde Lani immer in den Hintergrund gedrängt, nun hatte sie die Chance, sich die Kleine aus Kaftor zu einer ergebenen Spielgefährtin zu machen. Aber da sie ein freundliches Mädchen war, hatte Bela darunter überhaupt nicht zu leiden. Ganz im Gegenteil! Lani duldete nicht, daß eines von den anderen Kindern ihrer kleinen Freundin in die Quere kam.

Sia beobachtete das Tun und Lassen ihrer Kinder aus der Entfernung. Durch die Freundschaft der Kinder war es ihr, mit ihrer Sensibilität für Stimmungen, möglich zu sehen, was die Malet-Menschen empfanden, was sie schätzten und was nicht, was sie wütend oder froh machte. Und sie versuchte, sich anzupassen, ohne dabei ihre eigenen Werte aufzugeben.

Asterion und Leander hatten die meisten Probleme mit ihrer neuen Existenz. Einst Eigentümer von eigenem Land und eigenem Schiff, waren sie nun in allem von ihren Auftraggebern abhängig, die ihnen sagten, was sie tun sollten und was nicht, und sie schrieben ihnen genau vor, wie gewisse Arbeiten erledigt werden sollten. Allerdings erwiesen sich diese Vorschriften nicht immer als sehr sinnvoll, aber Asterion verstand es meistens, diese falschen Aufträge zurechtzubiegen. Er bemühte sich wohl, seinen Herren nicht direkt zu widersprechen, sondern vorsichtig gegenzusteuern. Manchmal gelang ihm das so gut, daß es dem Herrn nicht einmal klar wurde, daß er von seinem Bediensteten geleitet wurde, denn wenn die Arbeit getan war, gab Asterion dem Ganzen den Anschein, als sei es sein Arbeitgeber gewesen, der alles von Anfang an so geplant hatte.

Leander war weniger diplomatisch. Er widersetzte sich in bestimmten Situationen, ließ sich anmerken, daß er vieles besser wußte, was dann wieder Anlaß für verletzte Eitelkeit war.

»Du darfst nie vergessen«, sagte Asterion ihm eines Abends, »daß wir hier Fremde sind. Wir sind mehr oder weniger Eindringlinge. Das ist eine unangenehme Situation, aber du mußt darauf Rücksicht nehmen. Auf Kaftor hatten wir unseren eigenen Platz in der Gemeinschaft. Hier sind wir nichts. Wir müssen uns alles selbst aufbauen, und das gelingt dir nicht, indem du Ärger machst. Mach dir Freunde!«

»Du hast leicht reden. Manolis ist, was sein Boot betrifft, ganz und gar von dir abhängig, weil er vorläufig noch nicht allein zurechtkommt. Er behandelt dich anders als mich. Hast du gedacht, ich find' es schön, für irgendeinen Markthändler Fisch auszunehmen wie der erstbeste Sklave?«

»Sei froh, daß du etwas zu tun hast, womit du dir dein Essen verdienen kannst. Oder möchtest du vielleicht lieber dafür betteln gehn?«

Leander schwieg, weil er wußte, daß sein Schwager recht hatte.

»Als erstes müssen wir ein Boot haben, auch wenn es nur ein kleines ist. Dann können wir selber fischen und den Fang gegen Dinge eintauschen, die wir brauchen. Das kostet Zeit, Zeit und Geduld. Aber wenn du zurückdenkst an den Augenblick, als wir hier angekommen sind, dann können wir bestimmt nicht klagen. Es ist nicht schlecht hier. Wir haben ein Dach über dem Kopf und jeden Abend etwas zu essen. Wir haben sogar schon einen kleinen Vorrat Tauschartikel. Wenn wir genug zusammen haben, tauschen wir es gegen Holz für ein Boot ein, und sobald wir ein Boot haben, ist die schlimmste Zeit vorbei. Und inzwischen ist jede Arbeit wert, getan zu werden.«

Als der Abend hereinbrach, saßen sie müde beisammen in der kleinen Hütte. Dann wurde von Kaftor gesprochen, dem Land in der Ferne, das in ihrer Erinnerung stets schöner wurde, so daß Sia ab und zu fand, daß sie eingreifen mußte.

»Denkt nicht immer daran, wie schön alles gewesen ist. Denkt lieber daran, wie schön wir es später alle haben werden. Zurückschauen bringt euch sowieso nicht weiter. Außerdem könntest du auch mal darüber nachdenken, warum wir eigentlich geflohen sind, Leander. Wenn es nach dir gegangen wäre, dann wären wir noch weiter nach Westen geflohen, noch weiter weg von Kaftor.«

Das stimmte. Leander hatte anfangs gar nicht bleiben wollen. Schon nach wenigen Tagen hatte er den Wunsch geäußert, noch weiter nach Westen zu flüchten, damit er möglichst weit vom Katastrophengebiet entfernt war. Aber Asterion hatte rundheraus gesagt, daß er das dann alleine tun müsse.

»Du weißt nicht, wovon du redest. Du bist nie weiter als bis Strongili gewesen. Also, glaube mir bitte, daß du im Moment ganz bestimmt nicht weiter nach Westen mußt. Auf meiner letzten Fahrt habe ich da die Shardanen kennengelernt, und was mich betrifft, so war das nicht nur das erste, sondern auch das letzte Mal, daß ich dort war.«

Das war neu für Leander. Er war auf Strongili gewesen, als Asterion seine letzte große Reise machte. Und seit er von dort geflüchtet war, hatte es genug andere Dinge gegeben, über die gesprochen werden mußte.

»Was sind Shardanen?«

»Das Seevolk, das die Große Grüne und die Küste von Iapygia unsicher macht.«

Asterion erzählte, wie er mit drei Händlern an Bord seines Schiffes während eines Aufenthalts auf Kursnos von den Shardanen überfallen worden war. Gemeinsam mit den freundlichen Bewohnern von Kursnos hatten sie Zwangsarbeit verrichtet für die Shardanen. Diese waren ein kriegslüsternes Volk, das hartherzig und gnadenlos versuchte, das ganze Gebiet, das an die Große Grüne grenzte, zu unterwerfen. Sia und die Kinder kannten die Geschichte. Doch lauschten auch sie beeindruckt den Erlebnissen Asterions in der Zeit seiner Gefangenschaft. Asterion war damals mit seinen Reisegefährten aus Kursnos entkommen, aber er wußte, daß die Shardanen noch immer dort waren. Die Hirten, die aus dem überfallenen Dorf entkommen waren, waren in die Berge geflüchtet, wo das Seevolk ihnen nicht folgen konnte; aber wer nicht hatte fliehen können, wurde als Sklave verkauft.

»Die Inseln im westlichen Teil der Großen Grünen bieten keine Sicherheit mehr. Vielleicht fahre ich später irgendwann wieder dorthin, aber vorläufig habe ich dazu keine Lust. Ich frage mich sogar, ob wir wohl hier auf Malet vor Überfällen durch das Seevolk sicher sind.«

Am nächsten Tag fragte er Manolis danach. Der Mann machte sich keine Sorgen. Das war natürlich kein Grund für Asterion anzunehmen, daß die Möglichkeit eines Überfalls ausgeschlossen sei. Aber Manolis hatte noch etwas hinzugefügt. »Warum, denkst du, haben wir unsere Wohnungen wohl hier gebaut, so hoch über dem Hafen und von einer Mauer umgeben? Einer der Gründe ist der, daß wir jede Gefahr, die vom Meer her droht, von hier oben sofort erkennen können. Unser Dorf wird an zwei Seiten durch einen steilen Abhang begrenzt, und die flache Seite, der schwächste Punkt, wird durch die Mauer geschützt.«

»Ich hatte mich schon gefragt, warum ihr diese Mauer gebaut habt. Wir, auf Kaftor, hatten nirgends Schutzwälle.«

»Nirgends? Auch nicht um die großen Paläste? Was passiert denn dann, wenn ihr angegriffen werdet, was macht ihr dann?«

»Wir werden nicht angegriffen.« In dem Augenblick, als Asterion das sagte, wurde ihm erst richtig klar, wie sicher das Leben auf Kaftor gewesen war. Das Land des Minos war nirgendwo gegen Überfälle geschützt. Wer würde es auch wagen, die starke Insel mit ihrer mächtigen Flotte anzugreifen? Es war Asterion vage bewußt, daß es im Norden, in Argos, Stämme gab, die sicherlich eine Gefahr für Kaftor sein könnten, wären sie nicht von der Stärke der Flotte des Minos überzeugt. Er war dort schon einmal gewesen, um Goldhandel mit den Bewohnern von Mukènai zu treiben. Sie waren fähige Goldschmiede, reiche Menschen, aber wohl kaum friedliebend zu nennen.

In dem Augenblick, als Manolis sein Erstaunen über die Tatsache zu erkennen gab, daß die Keftiou so sorglos hatten leben können, begriff auch Asterion, daß das

jetzt sehr wohl anders werden konnte. Nach der Naturkatastrophe war die Insel stark geschwächt und bestimmt nicht mehr sicher vor Stämmen, die sie sich
unterwerfen wollten. Ein unangenehmes Gefühl
beschlich ihn, so als ob seine Insel, auf die er doch
möglichst bald zurückkehren wollte, immer weiter außer Reichweite geriet. Vorsichtig erwähnte er das gegenüber Sia. »Jetzt, wo die Katastrophe unsere Flotte
vernichtet hat, könnte es passieren, daß die Menschen
aus Mukènai im Norden Kaftor überfallen.«

Die praktische Sia hatte da ganz andere Sorgen. »Wir
in unserem Zustand dürfen nur an morgen denken, an
die unmittelbare Zukunft. Und du machst dir Sorgen
um Kaftor! Überlaß Kaftor jetzt mal dem Minos.«

Sie hatte recht. Es war schon schwierig genug, auf
Malet Fuß zu fassen.

Auf den Abhängen rings um die Siedlung reiften die
Trauben. Manolis besaß zwei Weingärten, einen nicht
weit von seiner Hütte, über einer tiefen Schlucht bei
der Höhle der Finsternis, und einen zweiten etwas
weiter landeinwärts. Die Landarbeit fiel ihm, mit seinem steifen Bein, besonders schwer. Vor allem der
Weingarten auf dem Abhang bei der Höhle der Finsternis war für ihn ein mühsam zu bearbeitendes Gebiet.

Manolis' einziger Sohn, der noch bei seinen Eltern
lebte, versorgte das Vieh und half der Mutter auf dem
Feld, wo Manolis Gerste und Linsen angebaut hatte.
Aber ohne Asterion hätten sie die Ernte nicht vollständig einbringen können.

Auch Costas half beim Traubenpflücken mit. In großen Steinkübeln traten sie den Wein, von morgens früh bis abends spät. Das war nicht nur ermüdend, es war auch todlangweilig. Aber es mußte gemacht werden, ehe die ausgepreßten Früchte gesiebt und zum Gären in Fässern eingelagert werden konnten.

Costas wurde losgeschickt, um Pinienharz zu sammeln. Mit Lo, der Frau von Manolis, schmierte Sia eine ganze Reihe Weinschläuche aus Ziegenleder von innen mit Harz aus, um zu verhindern, daß sie undicht wurden. So bekam der Wein jenen merkwürdigen Harzgeschmack, der nicht nur bei vielen Bewohnern von Malet besonders beliebt war, sondern auch bei allerlei Darmkrankheiten heilsam wirkte.

Manolis inspizierte die Arbeit, wobei er, wegen seiner eigenen Hilflosigkeit, ständig vor sich hin schimpfte. Auch wenn seine Laune alles andere als angenehm war, so war er doch ein rechtschaffener Mann und gerne bereit, Asterion für seine Dienste gebührend zu belohnen.

Am Ende der ermüdenden Erntezeit kam Manolis mit einem überraschenden Vorschlag an. Er begriff sehr wohl, daß Asterions Familie hart und unermüdlich arbeitete, um so bald wie möglich von ihm und den anderen Auftraggebern in Buggarag unabhängig zu sein. Asterion war nicht der Mann, der sein Leben lang ein Untergebener blieb. Er würde sich befreien und fortziehen, sobald er die Mittel dazu hatte. Eigentlich waren die Rollen nun vertauscht. Waren die Keftiou anfangs vollkommen von ihm abhängig gewesen, so wurde Manolis nun selbst durch seine bleibende Invalidität mehr und mehr von Asterion abhängig. Er mußte versuchen, Asterion an sich zu binden. Und wie konnte er das besser, als daß er dem Mann ein Stück Land gab!

Eines Abends machte er den verlockenden Vorschlag. »Asterion, du hast mir hervorragend geholfen. Ich weiß, daß du gerne fort möchtest, nach Kaftor, aber ich bitte dich, hierzubleiben, auf Malet. Wenn du meinen Weingarten bearbeitest, bekommst du den Weingarten hier in der Nähe, auf dem steilen Hang bei der Höhle der Finsternis. Der Boden dort ist ausgezeichnet, aber ich, mit meinem kaputten Bein, kann nichts mehr damit anfangen. Ich bin bereit, dir außerdem beim Bau von einem Boot zu helfen. Dann kannst du mit Leander auch auf Fischfang gehen. Du bist kein Mann, der ständig von jemand anderem abhängig sein kann, aber ich kann dich nicht entbehren. So wäre uns beiden geholfen. Wie fändest du das?« Es war für Manolis eine ungewöhnlich lange Rede. Und es war vor allem ein überraschendes Kompliment. Asterion war es gelungen, durch sein diplomatisches Verhalten die Gunst des dickköpfigen, nach außen harten Manolis zu gewinnen.

»Dies ist ein schöner Vorschlag, den ich gerne annehme«, sagte Asterion ohne große Umschweife. »Wenn wir zusammenarbeiten, ist uns damit tatsächlich beiden geholfen.«

Asterion hatte durch seine umgängliche Art seinen ersten Freund auf Malet gefunden.

Hinten in der ovalen Hütte hatte Asterion aus behauenen Steinen einen Altar für die Schlangengöttin von Kaftor gebaut. Sorgfältig hatte er die beiden Hälften der Statue mit Harz aneinandergeklebt. Von dem Sprung war kaum noch etwas zu sehen. Die Göttin war die Erinnerung an das Geburtsland, auf das sich all seine Hoffnung für die Zukunft konzentrierte. Tag und Nacht brannte ein in Olivenöl gehängter Wolldocht mit kleiner Flamme auf dem Altar. Die Bewohner der Siedlung kamen nie in Asterions Haus.

Aber einmal entdeckte Lani den Altar, als sie kam, um Bela zum Kräutersuchen abzuholen. Ein Sonnenstrahl fiel nämlich schräg durch die offene Tür genau auf die Statue.

»Was ist das dahinten?«

»Das ist die Schlangengöttin«, sagte Bela, »die Göttin der Fruchtbarkeit, unsere Göttin von Kaftor.«

Lani schaute die für sie so seltsame Figur lange und genau an. »Die ist aber mager! Wie kann die denn Göttin der Fruchtbarkeit sein, mit so 'nem dünnen Körper? Und warum hat sie die ekligen Schlangen um ihre Arme?«

»Die Schlange bedeutet, daß das Leben immer weitergeht, denn sie schlüpft immer wieder aus ihrer alten Haut und lebt dann einfach weiter. Aber warum kann eine Fruchtbarkeitsgöttin denn nicht mager sein?«

Ja, warum nicht? Lani mußte lange darüber nachdenken. »Nee«, sagte sie schließlich, »fruchtbar ist dick. Guck dir mal unsere Fruchtbarkeitsgöttin an. Die sieht ganz anders aus.«

»Wo ist die denn? Die habe ich noch gar nicht gesehn.«

»Im großen Heiligtum im Wald. Aber da dürft ihr nicht hin. Ihr gehört nämlich nicht nach Malet. Ihr seid anders.«

Bela schwieg verdutzt.

Abends, beim Essen, fiel ihr Blick auf den Altar. »Warum ist unsere Göttin so mager?« fragte sie. »Mager kann doch nicht fruchtbar sein.«

Sia schrak aus ihren Gedanken auf. Wie kam das Kind bloß darauf?

»Die Schlangengöttin ist die Göttin von Kaftor. Unsere Göttin. Wie kommst du darauf, daß sie anders sein müßte?«

»Das sagt Lani. Ihre Göttin ist ganz dick. Dick ist fruchtbar. Aber ich darf ihre Göttin nicht sehn, weil wir nicht nach Malet gehören.«

»Du mußt ins Bett«, sagte Sia schnell. Sie wollte verhindern, daß Asterion, der gerade hereinkam, sich darüber aufregte.

Sia konnte die ganze darauffolgende Nacht nicht einschlafen, und sie dachte nach. Die Leute auf Malet waren ihnen durchaus wohlgesonnen. Ein wenig waren sie in ihre Gemeinschaft aufgenommen worden, letztendlich aber wurden sie doch als Außenseiter angesehen. In Sias Erinnerung tauchten kleine Ereignisse auf, Vorfälle, die ihr bisher bedeutungslos erschienen waren, aber jetzt sehr wohl Bedeutung bekamen. Sie hatte sich oft einsam gefühlt, wenn andere Frauen aus der Siedlung sich miteinander unterhielten, Freuden miteinander teilten oder Erfahrungen austauschten, und sie hatte sich gefragt, ob es wohl an ihr selbst liegen könnte, daß sie so selten irgendwo mit einbezogen wurde. Die Kinder schienen damit keine Probleme zu haben, und Asterion kümmerte sich kaum um jemand anderen als Manolis. Sehnsuchtsvoll dachte Sia an das Zusammengehörigkeitsgefühl auf Kaftor zurück, den gegenseitigen Kontakt unter den Frauen von Amnisos. Jetzt auf einmal, durch das Gerede der Kinder, wurde ihr klar, daß sie doch immer als Fremdlinge angesehen werden würden, als Menschen, die »anders« waren. Wollten sie dazugehören, dann mußten sie sich den Gebräuchen von Malet anpassen und durften sich nicht absondern, vor allem nicht, wenn es um die Verehrung der großen Muttergöttin ging.

Zaghaft begann sie am nächsten Morgen, mit Asterion darüber zu reden, doch der schnitt das Gespräch sofort ab. »Wir sind ja auch anders. Wir sind nur für eine gewisse Zeit hier. Und natürlich bleibt die Schlangengöttin da stehen. Daran braucht sich keiner zu stören. Wir stören uns ja auch nicht an deren Göttin!«

»Das ist doch ganz was anderes... Das hier ist ihre Insel, hier herrschen ihre Bräuche. Und was wissen wir schon davon? Wir wissen nichts von ihrer Göttin, nichts über die Art, wie sie ihre Feste feiern und warum. Wie leicht können wir aus purer Unwissenheit etwas tun, was die anderen verärgern oder verletzen könnte. Wir brauchen unsere Göttin natürlich nicht zu verstecken, aber wir dürfen sie auch nicht über die andere stellen. Das ist falsch!«

Asterion schien sie gar nicht zu hören, und Sia schwieg. Sie wußte, daß er bei allem, was er tat, an die Rückkehr nach Kaftor dachte. Daß er jede Anpassung an Gebräuche und Gewohnheiten von Malet als eine Kluft ansah, die er selbst zwischen sich und sein Geburtsland trieb. Niemals würde er die Menschen auf Malet bewußt verletzen oder verärgern, aber sich anpassen, das war etwas anderes.

Sie sah die Zukunft anders als ihr Mann. Wenn sie an Kaftor zurückdachte, sah sie nur allzu deutlich noch die Verwüstungen vor sich, die die Katastrophe verursacht hatte. Und sie konnte nicht glauben, daß sich dieses derartig heimgesuchte Land wieder erholen würde und daß sie jemals zurückkehren könnten. Tagelang zermarterte sie sich den Kopf darüber, was sie tun sollte. Sie wußte mit ziemlicher Sicherheit, daß das gute Leben in Amnisos vorbei war, für immer. Sie sah eine lange Reihe von Jahren vor sich, in denen sie dafür sorgen mußten, daß sie die Chancen nutzten, die sie noch auf ein neues Leben hatten, und sei es auch nur für die Kinder.

Costas und Bela sprachen kaum mehr von Kaftor. Ihre Erinnerungen an das Geburtsland verblaßten. Ihre Welt war schon ein wenig die Welt von Malet geworden. Und dann kommt so ein Kind und sagt: »Lani sagt, daß ich ihre Göttin nicht sehen darf, weil wir nicht nach Malet gehören.«

Sia konnte ihren Zwiespalt nicht mit Asterion besprechen. Er war kein Mann der Worte. Und er wollte bestimmte Dinge nun einmal nicht sehen. Es hatte keinen Sinn, sich mit ihm darüber zu streiten. Aber sie beschloß, bei der erstbesten Gelegenheit auszuprobieren, was sie noch weiter über den Kult der Großen Mutter in Erfahrung bringen konnte.

In der Stille eines frühen Morgens, als Asterion und Costas auf dem Land arbeiteten und Bela am Strand spielte, stand sie vor dem Altar der Schlangengöttin. »Ich bin nicht untreu«, sagte sie laut. »Aber ich kann doch die Schlangengöttin verehren und gleichzeitig der Großen Mutter von Malet Ehre erweisen. Das geht doch wohl?«

Und noch am selben Morgen bekam sie ihre Gelegenheit. Als sie mit einem Krug Wasser auf dem Kopf vom Brunnen zurückkehrte, traf sie Lo, die Frau von Manolis. Von allen Frauen in Buggarag kam sie mit Lo am besten zurecht.

Die Frauen wechselten ein paar Worte über die große Trockenheit in letzter Zeit, und als Lo sagte, daß sie gehen und die Große Mutter um Regen bitten wollte, sah Sia eine Möglichkeit.

»Lo, wenn du zum Heiligtum gehst, darf ich dann mit? Ich möchte die Große Mutter von Malet auch kennenlernen.«

Diese Frage überraschte die Frau. Sie hatte Sia gern, und doch hatte sie sie immer als Fremde angesehen, als jemanden, der zu einem anderen Volk gehört. Konnte sie sie jetzt einfach so zum Heiligtum mitnehmen?

Sia fürchtete, abgewiesen zu werden, und begann schnell weiterzureden: »Lani hat letztens zu Bela gesagt, sie dürfe die Große Mutter nicht sehen, weil wir nicht hierhergehören, weil wir anders sind. Aber wir sind jetzt auf Malet, und nun will ich der Göttin von Malet auch Ehre erweisen.«

Lo brauchte etwas Zeit. Sie wußte nicht recht, was sie sagen sollte. Konnte sie es den Fremden verwehren, ihrer Göttin Ehre zu erweisen? Wo die Frau von Kaftor das jetzt selber wollte?

»Ihr verehrt doch eine ganz andere Göttin«, wich sie aus, um Zeit zu gewinnen. »Lani sagt, daß ihr eine Schlangengöttin verehrt.«

»Die Schlangengöttin ist die Göttin von Kaftor, aber über Malet wacht eure Göttin. Das hier ist ihr Land.«

Sie waren den Abhang hinaufgeklettert und standen jetzt vor der Mauer von Buggarag. Lo gab sich geschlagen. »Gut«, sagte sie. »Dann komm morgen mit mir. Ich gehe gleich nach Sonnenaufgang los, denn es ist ein weiter Weg zum Heiligtum im Wald.«

Sia atmete erleichtert auf. Sie wußte, daß sie das Richtige tat, aber sie fand es doch besser, nicht sofort mit den anderen darüber zu sprechen.

Drei Tage schaffte es Sia, über ihren Gang zum Heiligtum im Wald zu schweigen, aber schließlich konnte sie ihr Erlebnis doch nicht mehr für sich behalten. Spät am Abend, als die Kinder schon lange schliefen und Asterion das Licht der Öllampe löschte, um schlafen zu gehen, fand sie in der vertrauten Atmosphäre der dunklen Hütte plötzlich die richtigen Worte. Zögernd begann sie zu erzählen, aber als Asterion ihr nicht ins

Wort fiel, nicht böse wurde, einfach nur schweigend zuhörte, kam ihr die Geschichte zunehmend leichter über die Lippen.

»Tief im Wald liegt das Heiligtum, und du kannst dir einfach nicht vorstellen, wie groß es ist. Eigentlich sind es zwei Heiligtümer nebeneinander, aber selbst zusammengenommen sind sie nicht so groß wie der Palast von Knossos. Sie sind auch ganz anders gebaut. Aus gewaltigen Steinen, die zu einer hohen Mauer aufeinandergestapelt sind. Lo sagt, daß die Heiligtümer nicht von ihrem Volk erbaut wurden. Sie waren schon da, als ihre Ahnen aus Sicania auf das damals unbewohnte Malet kamen. Sie müssen von Riesen gebaut worden sein, denn kein Mensch kann solche gewaltigen Steine transportieren. Es scheint eine ganze Menge von diesen Heiligtümern auf Malet und Gawl zu geben. Sie bestehen alle aus solchen riesigen Steinen, und alle sehen sie gleich aus. Das Volk von Malet darf nicht hinein. Nur die Priester kommen in das Heiligtum, wo die Große Mutter steht. Aber man kann von außen sehen, daß es links und rechts runde Räume gibt und noch einen am Ende vom Mittelgang. In der ersten Kammer rechts steht die Muttergöttin. Außerdem stehen in diesem Raum verzierte steinerne Bänke, nicht mit gemalten Verzierungen, so wie in den Palästen auf Kaftor, sondern mit Ranken und Kreisen, die aus dem Stein herausgehauen sind. Es sieht schön aus und geheimnisvoll. Niemand darf die Tempel betreten, denn sie stammen von den Alten, und die Menschen von Malet haben Angst, die Alten zu erzürnen. Auch die

Priester dürfen nur den Raum der Großen Mutter betreten und dort Opfer darbringen. In dem anderen Heiligtum daneben werden die Urnen mit der Asche der Toten von Malet beigesetzt.«

Mit einer gewissen Unruhe hatte Asterion schweigend zugehört. Alles in ihm wehrte sich dagegen, daß seine Frau zu der Göttin von Malet gegangen war. Doch wußte er nichts vorzubringen gegen ihre Begründung, daß sie sich, da sie nun einmal hier lebten, mit den Bräuchen der Bewohner von Malet vertraut machen mußten.

»Ich begreife es nicht«, sagte er schließlich. »Aber ich werde Manolis danach fragen. Manolis weiß, daß ich nichts tun würde, um seine Leute zu beleidigen. Aber laß uns jetzt schlafen.«

Er war schon längst eingeschlafen, da lag Sia noch hellwach und lauschte dem Geräusch seines Atems und dem Wind, der zunehmend lauter ums Haus heulte. Sie allein hörte, wie der Regen auf das Dach der Hütte und auf die trockene Kalkerde von Buggarag prasselte. Hatte die Große Mutter die flehentliche Bitte ihres Volkes erhört und die lange Trockenheit beendet?

In Sias Kopf begannen die Bilder durcheinanderzuwirbeln: steinerne Tempel, von Riesen erbaut, das Haus der Großen Mutter, tief im Wald. Draußen ergoß sich strömender Regen auf das ausgetrocknete Land. Sia hörte es nicht mehr.

Im darauffolgenden Winter gab es auf dem Land nichts zu tun. Durch den starken Wind, der manchmal bis zur Orkanstärke anschwoll, wurde auch nicht viel gefischt. Leander und Asterion hatten es mit harter Arbeit geschafft, daß sie über einen kleinen Vorrat an Mehl, Öl und in Salz eingelegtem Fisch verfügten, um über den Winter zu kommen. Und so gab es Zeit genug, die Umgebung besser kennenzulernen. Manolis hatte kein Geheimnis um die Tempel gemacht. Es gab sie tatsächlich, in den Wäldern und an der Südküste, hoch über dem Meer. Er hatte Asterion sogar beschrieben, wie er dorthinkommen konnte.

»Wir bringen der Göttin Opfer, aber wir benutzen die Riesentempel nicht. In den Heiligtümern hausen die Geister des alten Volkes, die müssen wir in Ruhe lassen.«

»Aber die Göttin ist doch auch von diesem anderen Volk?«

»Die Göttin stammt von der Insel. Das ist was anderes.«

Asterion hatte nicht weitergefragt. Gemeinsam mit Leander war er losgegangen, zuerst zu den Tempeln, von denen Sia erzählt hatte, danach auch zu den anderen Heiligtümern.

Sie waren alle mehr oder weniger in der gleichen Form erbaut. Sie hatten einen Mittelgang, links und rechts flankiert von halbrunden Kammern. Der Mittelgang lief in einem dritten, runden Raum aus, wie ein Kleeblatt. Am erstaunlichsten waren die Mauern aus riesigen Steinen, die genau ineinanderpaßten. Außen waren sie glatt, innen manchmal mit Kringeln und Kreisen verziert oder mit vielen kleinen Löchern, die die gesamte Steinoberfläche bedeckten. Das verwunderlichste war, daß die Mauern rund waren und die Steine trotzdem vollkommen ineinanderpaßten. Die Männer von Kaftor, an die eleganten Paläste des Minos gewöhnt, fanden die Tempel angsteinflößend. In Kaftor benutzte man Holz für die bunt gefärbten, zierlichen Pfeiler, und auf den Mauern waren prächtige Malereien angebracht. Die Tempel von Malet bestanden ausschließlich aus Stein. Selbst die Verzierungen waren nicht in Farbe auf dem Stein angebracht, sondern aus dem Stein gehauen. Das Volk, das diese Tempel gebaut hatte, mochte in den Augen der Keftiou nicht gerade feinsinnig gewesen sein, aber es hatte Fertigkeiten besessen, von denen die Erbauer der Paläste von Knossos keine Ahnung gehabt hatten. Es mußten wahrhaftig Riesen gewesen sein, daß sie die gewaltigen Steinblöcke hatten transportieren können. Aber sie hatten auch gewußt, wie man den Stein bearbeiten mußte. In den Tempeln bei der Gräberstätte, dort, wo das riesige Standbild der dicken Göttin stand, gab es steinerne Bänke, verziert mit Abbildungen von Tieren: Schafe, Ziegen, Schweine. Was war ihre Bedeutung?

Als sie von ihrer Expedition wieder zurück waren, befragte Asterion Manolis danach.

»Das sind Opfertiere.«

»Was meinst du damit?«

»Wir opfern der Göttin doch auch Tiere. Das Riesenvolk hat in ihren Tempeln Opfertiere abgebildet.«

Die Keftiou opferten keine Tiere. Asterion fragte nicht weiter. Er nahm sich jedoch vor, sich die Tempel auch einmal von innen anzusehen. Bei der Gräberstätte lief man natürlich Gefahr, Menschen zu begegnen. Aber tief im Wald oder auf einsamen Felsklippen war die Gefahr gering. Und doch dauerte es bis zum Frühjahr, ehe sich die Gelegenheit dazu bot.

Leander hatte vorgeschlagen, daß sie, sobald ihr kleines Boot fertig war, die ganze Insel umfahren sollten. Die beiden Männer arbeiteten hart an dem Boot. Costas half ihnen dabei. Mit Bienenwachs und Harz kalfaterten sie die Nähte in der Haut des Bootes, und mit Ocker und Safran gaben sie ihm eine auffällige Farbe, so wie es die Bootsbauer von Malet gewöhnt waren.

Als der Frühling begann, unternahmen sie die erste Probefahrt. Das Boot war schlank, mit einem hohen Steven. Es lag gut auf dem Wasser. Für größere Seereisen war es nicht geeignet, wohl aber für eine Fahrt entlang der Küste. Auf Sias Drängen hin brachte Leander auf dem Bug zwei Augen an. Die Leute von Malet waren davon überzeugt, daß die Augen der Göttin, die alles sahen, Glück brachten, und Sia hatte Asterion davon überzeugt, daß es gut war, die Gepflogenheiten des Volkes, bei dem man lebt, zu übernehmen.

An einem strahlenden Frühlingstag lief das Boot mit Asterion und Leander aus. Sie umrundeten den Südostpunkt der Insel und fuhren nahe bei der Küste den hohen Klippenrand entlang, bis zu einer Stelle, die Manolis die Blaue Grotte genannt hatte. Die Küste war felsig und unzugänglich. Hoch stiegen die Klippen auf, die die Insel gegen Flutwellen schützten. Mit ihrem kleinen Boot konnten die Männer mühelos in die Grotte hineinfahren. Die Wände waren korallen- und kalksteinfarben und spiegelten sich im Wasser: violett, orange, hellrot. Es schien fast, als brenne unter Wasser eine Fackel, die all die Farbenpracht bewirkte. Sie fanden die Stelle, wo sie laut Manolis' Weisungen anlegen und von wo sie zu den Riesentempeln hinaufklettern konnten, die hoch auf den Felsen lagen, wo man weit aufs Meer hinaussehen konnte. Den größten Tempel hatte Manolis den »Tempel der aufrechtstehenden, alten Steine« genannt. Der kleinere, der nicht weit entfernt lag, trug den Namen »Tempel der Aussicht«. Es war ein ermüdender Aufstieg, aber als sie oben anlangten, wurden sie für ihre Mühe belohnt. Riesige Kalksteinblöcke bildeten die Außenmauer, in die ein viereckiges Eingangstor eingelassen war. Über den massiven Mauern ragte ein gewaltiger, hoch aufrechtstehender Stein heraus, dem der Tempel seinen Namen verdankte. Es war totenstill um den Riesenbau. Die Sonne glitzerte auf den gelben Kalkmauern, ein Vogel schwebte am strahlendblauen Himmel, eine verfrühte Biene summte umher – das waren die einzigen Lebenszeichen an dem Ort, wo einst viele Menschen gelebt haben mußten. Menschen?

»Sind das wirklich Tempel?« fragte sich Asterion laut. »Es sieht viel eher nach einem befestigten Dorf aus.«

Ein breiter Streifen Sonnenlicht fiel durch das große

Eingangstor und durch den Mittelgang bis hinten in den Tempel hinein. Die Räume links und rechts vom Mittelgang lagen im Halbdunkel. Langsam lief Leander über die steinernen Bodenplatten. Das Herz klopfte ihm bis zum Hals, und er erschrak fürchterlich, als er im ersten Seitensaal etwas rascheln hörte. War das eine aufgeschreckte Feldmaus? Oder eine Eidechse? Vage unterschied er große Steinblöcke, die er für Altäre hielt. Seine Augen gewöhnten sich schnell an das schwache Licht. Hinter sich hörte er Asterion murren: »Ich kann nichts sehen. Wir müssen eine Fakkel haben.« Seine Stimme klang seltsam verzerrt in dem abgeschlossenen Raum. Die hohen Säle des Tempels hatten ein Dach aus Balken, dazwischen ein Geflecht aus Zweigen.

»Da muß eine Deckschicht über dem Flechtwerk liegen«, murmelte Asterion. »Es fällt nirgends Licht durch.«

Leander antwortete nicht. Er hatte sich nun fast bis ans Ende des Raums vorgetastet und strauchelte im Dunkeln. Dabei geriet er an einen Steinblock und stieß sich schmerzhaft. Der Stein reichte ihm bis zur Hüfte, und Leander tastete ihn ab, um seine Form zu prüfen. Dann trat er zur Seite und sah im schwachen Lichtschein, der vom Eingang hereinfiel, daß der Steinblock einem Altartisch ähnelte. Unter dem Altarblock waren in die vier Seiten des eckigen Sockels Figuren geschnitzt. Sie stellten Pflanzen dar, die aus einem Topf aufrecht nach oben wuchsen.

Asterion war Leander in den Mittelgang gefolgt und entdeckte plötzlich, daß dort links und rechts noch zwei Räume lagen. Es war stockfinster, aber Asterion war neugierig und ging langsam zuerst in die rechte Kammer hinein. Zwar konnte er nichts erkennen, aber als er die Mauern abtastete, begriff er, daß sie sich in der Höhe seines Kopfes höhlenartig wölbte. In einer Nische ertastete er einen Stein mit eigenartigen Rundungen. Als er ihn mit der Hand umschloß, merkte er, daß es ein loses Steinstück war, und er hob es auf, um es draußen bei Tageslicht besser betrachten zu können. Dann ging er langsam wieder zurück und folgte dem Lichtschein, der durch den Eingang fiel. Dort traf er auf Leander.

Obwohl keiner es sich anmerken lassen wollte, waren beide erleichtert, als sie wieder durch den Haupteingang nach draußen traten, ins grelle Sonnenlicht. Draußen war es still, weit und breit war niemand zu sehen. Warum aber fühlten sie sich so unsicher? Warum erschraken sie bei jedem kleinsten Geräusch? Um den Riesentempel lag etwas Beklemmendes, etwas Angsteinflößendes.

»Schau mal, das hab' ich in einer Nische gefunden.« Asterion stellte den Gegenstand auf einen flachen Stein neben dem Eingang. Er war so groß wie eine kräftige Männerhand und von unten abgeflacht. Aber es war kein gewöhnlicher Stein. Sie sahen es beide zugleich: Es war die Fruchtbarkeitsgöttin!

»Es scheint mir eine Frauengestalt zu sein, eine sehr dicke, sitzende Frau, nur hat sie keinen Kopf mehr!«

Oben an der Statuette, in Höhe des Halses, war ein rundes Loch in den Stein gebohrt. »Es sieht aus, als wäre der Kopf nur locker aufgesteckt gewesen«, sagte Asterion. »Und es ist tatsächlich ein Tempel. Nur begreife ich nicht, warum er so riesig groß ist und warum er diese Seitensäle hat. Ich gehe und stelle die Figur zurück, sonst werden wir noch für Tempelräuber gehalten, und dann ist die ganze Bevölkerung von Malet hinter uns her.«

Ohne auf Leanders Antwort zu warten, lief er wieder in den Tempel hinein und tastete sich zu der Stelle, wo die Göttin gestanden hatte. Warum nur hatte diese Statuette einen losen Kopf, und wo war der Kopf geblieben? Auf dem Rückweg zum Eingang sah er im Lichtschein dicke Staubschichten aufwirbeln. Wie lange war es her, daß Menschen hiergewesen waren? Was für Rituale hatten sich hier abgespielt? Er war neugierig, was wohl in den anderen Räumen sein mochte, aber seine Neugier war vermischt mit Unbehagen und einem Gefühl von Bedrohung, denn er wußte, daß er in diesem Tempel eigentlich nichts zu suchen hatte.

Es erstaunte Asterion nicht, daß auch Leander nicht darauf drängte, den Tempel weiter zu untersuchen.

Von der Stelle, an der sie standen, verlief ein überwucherter Pfad hinunter zum Klippenrand. Leander wies dorthin: »Das muß der zweite Tempel sein, der ›Tempel der Aussicht‹. Genau gegenüber von der Felseninsel. Komm mit!«

Zögernd folgte ihm Asterion. Der zweite Tempel war vollständig von Pflanzen eingewachsen. Es kostete Mühe, hinter dem hohen Gestrüpp den Eingang zu finden. Durch den dichten Bewuchs fiel kaum Licht in den Tempel, und die finstere Höhle lud nicht zur näheren Erforschung ein.

»Ich versuche, drumherum zu laufen, dann können wir sehen, wie groß er ist.«

»Ich finde, für heute ist es genug«, antwortete Asterion. »Geh du nur, ich bleib' hier beim Eingang.«

Widerspenstige Zweige und spitze Dornen, die sich in Leanders Jacke festhakten, erschwerten ihm das Vorwärtskommen. »Verschwinde, Fremder, du hast hier nichts zu suchen!«, schienen sie ihm zuzurufen. Aber Leander ließ sich nicht von seinem Vorhaben abbringen. Er zerriß sich die Hose und verletzte sich an der Hand. Trotzdem tastete er sich weiter an der runden Mauer entlang. Eine aufgeschreckte Eidechse huschte davon, hoch in der Luft kreiste ein Habicht. Dann fand Leander eine Öffnung in der Mauer. Er zwängte sich hindurch und stand dann in einem schmalen Raum, der eine Art Vorraum des Tempels zu sein schien. Auf Augenhöhe bemerkte er einen kleinen Spalt. Als Leander ihn untersuchte und dabei hindurchsah, konnte er auf der gegenüberliegenden Seite undeutlich den Eingang des Tempels als Lichtquadrat erkennen, in dem sich ein Wirrwarr von Zweigen befand. Sorgfältig suchte Leander die enge Kammer ab, aber nirgends fand er einen Durchgang in die Tempelhalle. Wozu mochte dieser Hohlraum gedient haben? Da er wußte, daß sein Schwager vor dem Eingang saß und auf ihn wartete, versuchte er, dessen Aufmerksamkeit auf sich zu lenken, und rief: »Asterion... Asterion...« Er bekam keine Antwort. Nur in den Büschen raschelte es, als sei ein Tier aufgescheucht worden. Dann war es wieder totenstill, und Leander blieb nichts anderes übrig, als zurückzugehen. Warum hatte Asterion nicht geantwortet? Er mußte ihn auf so einen kurzen Abstand doch gehört haben. Mit Zweigen und Dornen kämpfend, über Felsen und bloßliegende Baumwurzeln stolpernd, arbeitete er sich bis zum Haupteingang zurück.

Asterion war nicht mehr an der Stelle, wo Leander ihn zurückgelassen hatte. Erst nachdem Leander mehrmals gerufen hatte: »Asterion… Asterion, wo bist du?« bekam er Antwort. Sie kam aus der Richtung des überwucherten Pfades, der zum »Tempel der aufrechtstehenden, alten Steine« führte. Asterion war sichtlich verlegen wegen der schlechten Figur, die er abgab.

»Wo warst du? Warum hast du nicht geantwortet, als ich gerufen habe?«

Nur zögernd erklärte Asterion sein seltsames Betragen. Nachdem Leander gegangen war, hatte er sich neben den Tempeleingang gesetzt, den Rücken an die Mauer gelehnt. Er spürte, wie er durch die Wärme dösig wurde, und vermutlich war er kurz, wirklich nur ganz kurz eingenickt. Er war hochgeschreckt durch eine Stimme, eine tiefe, hallende Stimme. Allerdings hatte sie nicht wie andere menschliche Stimmen geklungen…

»Von wo?«

»Aus dem Tempel. Ich habe es ganz deutlich gehört! Und sie rief meinen Namen.«

»Stell dich nicht so an«, sagte Leander, »das war ich. Ich hab’ da in den Sträuchern bei der Mauer ein Loch gefunden. Ich bin reingekrochen. Es war eine Art kleine Kammer in der Tempelmauer. Aber es gab keinen Durchgang zum Tempel, nur diesen langen, schmalen Spalt. Ich wollte, daß du gucken kommst, und hab' dich deshalb gerufen, durch diesen Spalt.«

»Deine Stimme war das nicht. Die kenne ich doch. Zweimal wurde mein Name gerufen, aber das war eine unwirkliche Stimme, ganz tief, hallend...«

Auf einmal fühlte er sich lächerlich. Er war doch kein Kind, das sich vor einer Stimme aus dem Dunkeln fürchtet. Aber was er gehört hatte, konnte nicht von einem Menschen kommen. Dessen war er sich sicher.

Leander hatte nicht die Absicht fortzugehen, ohne zu wissen, was es damit auf sich hatte. Langsam erinnerte er sich an etwas, an etwas, das er auf Strongili erlebt hatte. Sollte es möglich sein, daß...

»Komm mit zu dem Loch in der Mauer, dann kannst du den Spalt sehen.«

»Warum?«

»Ich glaube, ich begreife, was passiert ist. Geh mit, ich will etwas ausprobieren.«

Murrend gab Asterion nach. Er wollte Leander nicht eingestehen, daß er Angst hatte. Sie fanden das Loch wieder und zwängten sich in den engen Raum.

»Hier ist der Spalt. Leg dich davor. Ich geh' zum Tempeleingang zurück. Wenn ich angekommen bin, biege ich die Sträucher auseinander, so daß du am Licht sehen kannst, daß ich da bin. Dann mußt du zweimal meinen Namen rufen.«

Wieder arbeitete sich Leander durch das Dornengestrüpp zurück zum Eingang. Es ging schon etwas leichter als beim erstenmal, weil er viele Zweige auf seinem Weg bereits umgebogen oder abgeknickt hatte. Er schob die Zweige vor dem Eingang weg, um einen Streifen Sonnenlicht in den Tempel fallen zu lassen. Dann hörte er Asterions Stimme. Zumindest wußte er, daß es Asterions Stimme war, die da zweimal seinen Namen rief: »Leander, Leander…«, aber die Stimme war nicht zu erkennen. Sie wurde zu einem Geräusch verzerrt, das ihm das Blut in den Adern gefrieren ließ, viel tiefer als eine normale menschliche Stimme. Und Leander begriff! Nachdem Asterion zu ihm zurückgekehrt war, sprach er seine Vermutung aus. »Der Raum mit dem Spalt gehört zum Tempel. Es ist Platz für einen einzigen Mann, der durch den Spalt sprechen kann. Im Tempelraum wird seine Stimme so verzerrt, daß sie diesen seltsamen, hallenden Klang bekommt. Jetzt kann ich mir vorstellen, daß du zu Tode erschrokken bist, weil du meine Stimme darin ja nicht wiedererkennen konntest. Ich bin sicher, es ist Absicht, daß hier die Stimme verzerrt wird. Es muß ein Orakelloch sein, aus dem der Priester den Menschen, die ihm im Tempel zuhören, seine Botschaft verkündet.«

»Wie kommst du darauf?«

»Ich habe dir doch erzählt, daß ich auf Strongili ein Orakel aufgesucht habe. Das war eine Frau, eine Priesterin. Bei dieser Gelegenheit konnte ich das Orakel auch nicht sehen. Sie saß hinter einer Mauer und sprach durch einen Spalt. Diese Orakelstimme hatte auch so einen eigenartigen, unwirklichen Klang. Ich mußte gleich daran denken. Die Erklärung ist einfach: In diesem Tempel wurde ein Orakel befragt.«

»Na, das wissen wir jetzt also. Wir haben uns aber ganz schön anstrengen müssen, um das herauszufinden«, nörgelte Asterion. »In diesen Riesentempeln sind also früher Orakel gewesen. Da sie nicht mehr in Benutzung sind, seh ich nicht, was uns dieses Wissen bringt. Sind wir dafür den ganzen Tag unterwegs gewesen?«

»Auch wenn es keinen direkten Nutzen bringt, es ist gut, solche Dinge zu wissen«, fand Leander. Asterion zuckte schlecht gelaunt die Schultern. Eines Tages aber sollte er sich an Leanders Worte erinnern!

Asterion und Leander hatten in der Winterzeit fast die ganze Insel Malet kennengelernt. Sie wußten, wo die alten Riesentempel lagen, wie das Landesinnere aussah, und sie kannten auch die Nachbarinseln Gawl und Klein-Malet. Im Sommer fand Leander Arbeit in Cheman, dem großen Hafen an der Nordküste. Er hatte dort Unterkunft bei einer alten Frau gefunden, deren Mann auf See umgekommen war, und kam nur noch in unregelmäßigen Abständen nach Buggarag. Meistens brachte er Neuigkeiten mit, denn in dem großen Hafen liefen viele Schiffe aus anderen Ländern und von anderen Inseln ein. So wußte Leander zu berichten, daß Schiffer von Kursnos und Sicania unter Überfällen der Shardanen zu leiden gehabt hatten, jenem Seevolk, das die westliche Hälfte der Großen Grünen beherrschte. Die Seefahrt nach Westen war also gefährlich geworden durch die Möglichkeit, auf das gefürchtete Seevolk zu treffen, und der Weg nach Osten barg die Gefahr einer neuen Naturkatastrophe. Es schien, als sei Malet, genau in der Mitte der Meerenge, der einzige Ruhepunkt in dem ganzen Meeresgebiet.

»Wenn sie nur nicht hierherkommen«, murmelte Asterion. Seine Erinnerung an die Begegnung mit den Shardanen war noch sehr lebendig. Er fügte hinzu: »Kaftor ist für die Shardanen zu weit weg.«

Eine solche Bemerkung war für Sia ein Zeichen, daß er noch immer über eine Rückkehr nach Kaftor nachgrübelte.

Am frühen Abend eines heißen Sommertages erschien Leander in Buggarag. Er brachte einen Schiffer mit, der in Cheman eingelaufen war. Der Mann stammte von Kemi, wo er an der Hapimündung wohnte. Er hatte eine Reise nach Kaftor gemacht und wußte, wie es dort aussah. Darum hatte Leander ihn mitgenommen.

Schnell bereitete Sia dem Gast ein Fischmahl. Während Asterion, der vor Neugier fast starb, die Becher mit Wein vollschenkte, erzählte der Fremde von seiner Fahrt.

»Von Kaftor und den Inseln nördlich davon bekommen wir immer Eichenmoos, das wir zum Einbalsamieren unserer Toten brauchen und das bei uns nicht wächst. Aber schon seit geraumer Zeit kommen keine Händler von Kaftor mehr in unsere Häfen. Als auch die Händler von Strongili ausblieben, die bei uns immer

Bauholz, Olivenöl und gewebte Stoffe gegen Papyrus, Kupfer und Gold eintauschen kamen, haben wir Nachforschungen angestellt.«

Unbemerkt waren auch die Kinder hereingeschlichen. In einer dunklen Ecke der Hütte lauschten sie atemlos den Nachrichten aus ihrem Geburtsland.

»Wir fahren immer so lange wie möglich nah an der Küste entlang, um die Überfahrt übers offene Meer so kurz wie möglich zu halten. Wir fahren deshalb erst in westliche Richtung, dann setzen wir zur Südostküste von Kaftor über, in das Gebiet um den Hafen Dikta. Schon von weitem konnten wir auf Kaftor die Folgen der Katastrophe erkennen. Die Ostseite der Insel ist total verwüstet, der Palast von Dikta ist eingestürzt. Zwischen den Trümmern wohnen noch Überlebende, aber denen geht es sehr schlecht. Wir haben am Brunnen Wasser aufgenommen und sind dann um die Küste zur Nordseite gefahren, da war der Zustand noch schlimmer. Die Umgebung von Gournia ist schwarz und versengt von den schweren Bränden durch die heißen Ascheregen. Wohin wir auch kamen, überall bot sich ein Bild der Verwüstung. Kurz hinter Gournia, bei der Bucht von Olous, sind ganze Stücke von der Küste abgeschlagen. Die Stadt Olous ist mit ihren Tausenden von Häusern im Wasser verschwunden. Wir mußten sehr aufpassen, damit unser Boot nicht auf den versunkenen Mauern leckschlug. Es ist ein schreckliches Gefühl, wenn man drunten im Wasser die Reste einer Stadt sieht, in der man früher einmal herumgegangen ist, in der man Menschen gekannt hat. Man bekommt den Eindruck, daß der Stier jeden Augenblick wieder losbrüllen kann. Der Hafen von Malia ist verschwunden, der Palast ebenso. Amnisos, weiter oben, ist ein einziger Trümmerhaufen. Und das schlimmste ist, daß die Menschen, die dort noch leben, Hunger leiden, weil die Äcker durch die Ascheregen auf Jahre hinaus unfruchtbar geworden sind.«

»Aber Knossos«, fragte Asterion mit vor Spannung schriller Stimme. »Knossos stand noch, als wir die Flucht ergriffen haben. Steht Knossos noch?«

»Wir sind kurz an Land gegangen, um das in Erfahrung zu bringen. Der Palast ist nicht vollständig zerstört, wohl aber schwer beschädigt. Große Gruppen von Überlebenden haben da Hütten gebaut, um vor allem nah beim Palast zu sein, wo noch eine Zeitlang Nahrung aus den Vorräten des Minos ausgeteilt wurde. Aber die sind jetzt auch aufgebraucht. Die Bevölkerung leidet Hunger, Trinkwasserbecken sind vergiftet. Die Menschen ziehen so weit wie möglich nach Westen, wo die Ascheregen weniger schlimm waren. Aber auch da sind die Ländereien auf Jahre hinaus geschädigt. Und davon müssen nun all diese Menschen irgendwie leben.«

Asterion hatte den Mut zu weiteren Fragen verloren. Still hörte er zu, was der Fremde sonst noch Verheerendes zu vermelden hatte.

»Wir sind die ganze Nordküste in westlicher Richtung abgefahren. Die Menschen leben wie die Tiere in Höhlen und Löchern, die durch das Erdbeben entstanden sind. Hunger und Elend überall.«

Deutlich hörbar brummte eine dicke Fliege in dem halbdunklen Zimmer. Im Licht der Abendsonne, das durch die geöffnete Tür in die Hütte fiel, wirbelte Staub auf. Auf dem Nachbarhof meckerte eine Ziege. Alle diese unwichtigen Geräusche bekamen eine neue Bedeutung. Ging das Leben hier normal weiter, während die alte Heimat unterging?

In einem letzten Versuch, noch ein Fünkchen Hoffnung am Leben zu erhalten, sagte Asterion: »Aber es hat keine Ausbrüche mehr gegeben, keine Flutwellen. Im Laufe der Zeit muß ein Wiederaufbau doch möglich sein. Das gibt es doch nicht, daß das ganze mächtige Reich des Minos untergeht, alle Tempel, alle Paläste. Der Minos wird Knossos doch aufbauen lassen. Haben sie damit noch nicht angefangen?«

Leander machte eine ungeduldige Bewegung. »Auf Strongili hatten wir auch direkt nach der Katastrophe wieder mit dem Aufbauen begonnen. Du weißt, was dann passiert ist. Bei dem Ausbruch einige Monde später sind alle umgekommen.«

»Nach unserer Abreise hat es keinen neuen Ausbruch mehr gegeben«, versuchte Asterion nochmals einzuwenden. Der Fremde fiel ihm ins Wort. »Die Einfälle der Krieger aus Mukènai, vom Festland im Norden, behindern jetzt den Aufbau. Sie kommen des Nachts, ein schneller Überfall, ein kurzer, ungleicher Kampf, und sie fahren wieder ab. Immer mit reicher Beute.«

»Mit reicher Beute? Aber du hast doch gesagt, daß Hunger herrscht. Was gibt es denn dann dort noch zu holen?« Einen Augenblick dachte Asterion, daß er den Fremden, der mit einem so schwer verständlichen Akzent sprach, mißverstanden hätte.

»Menschen natürlich! Jetzt, wo die Keftiou so geschwächt sind, wo niemand sich mehr richtig verteidigen kann, da sind sie eine leichte Beute für die Sklavenjäger.«

Leander schnellte hoch. »Wie ist das möglich? Niemand hat es jemals gewagt, Kaftor anzugreifen. Wir brauchten keine Festungen, keine Verteidigungsanlagen, nicht einmal für die Paläste. Die Flotte des Minos war immer stark genug, uns alle Feinde vom Leib zu halten. Was tut die Flotte denn jetzt?«

»Die Flotte besteht nicht mehr. Praktisch alle Schiffe wurden bei der Katastrophe vernichtet. Du darfst mir ruhig glauben, daß noch niemand bis jetzt versucht hat, Kaftor gegen das kriegslüsterne Volk aus Argos zu schützen. Jetzt, wo es keine Reichtümer zu holen gibt, rauben sie Menschen, die bringen viel ein auf den Sklavenmärkten im Osten!«

Die Sonne war untergegangen. Das letzte Licht, das durch die offene Tür hereinfiel, genügte nicht, um den Ausdruck auf den Gesichtern um den Tisch zu erkennen. Das war vielleicht auch gut so. Sia weinte still. Sie hatte eine Schwester, die mit ihrer Familie in Gournia gewohnt hatte. Sie hatte Freunde in Olous gehabt. Waren alle diese Menschen, die einen Teil ihres Lebens ausgemacht hatten, verbrannt, ertrunken, verhungert? Waren sie möglicherweise als Sklaven verschachert worden? Sie tastete nach dem Amulett, das sie an ei-

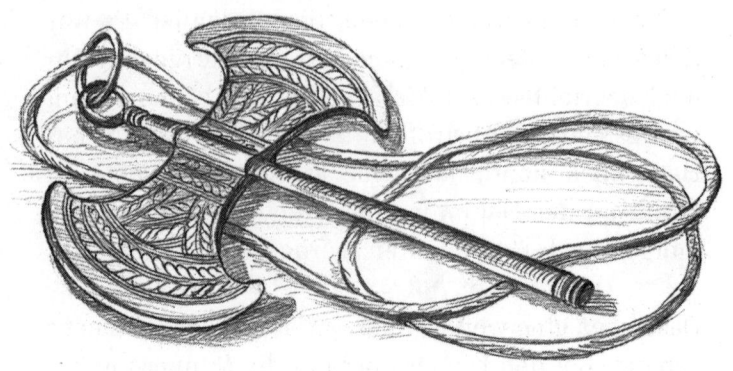

nem Lederbändchen unterm Kleid trug. Es war ein zier-
liches goldenes Doppelbeil, das heilige Zeichen aus
der alten Heimat. Es war das einzige wertvolle Stück,
das ihr nach der Katastrophe geblieben war, weil sie es
immer um den Hals trug und niemals ablegte.

Leander stellte ein Fettöpfchen auf den Tisch. Die
tanzende Flamme flackerte, vom Nachtwind ange-
haucht, beleuchtete kurz ein Gesicht, eine Hand.

Der Fremde aus Kemi versuchte, etwas Aufmuntern-
des zu sagen, konnte aber kaum die richtigen Worte
finden. »Seid froh, daß ihr rechtzeitig da rausgekom-
men seid. Hier habt ihr es gut. Hier könnt ihr weiterle-
ben. Vergeßt die schöne Zeit auf Kaftor. Von Erinnerungen kann man nicht leben.«

»Gehen wir schlafen«, sagte Asterion, und nur seine
Stimme ließ erahnen, daß er sich mit den unabänderli-
chen Tatsachen nun endgültig abgefunden hatte. Den
mutlosen Ausdruck in seinem Gesicht konnte keiner
in der dunklen Hütte sehen.

Der Fremde war der erste, der einschlief. Er war Zeuge von all dem Elend gewesen, er hatte die schlechten Nachrichten nach Malet gebracht. Aber er war am wenigsten davon betroffen, denn er wußte, daß sein Haus noch stand, daß seine Familie noch lebte, in Kemi, an der Hapimündung. Und er wußte, daß er morgen nach Hause fahren würde.

Das Leben ging weiter. Über Kaftor wurde nicht mehr geredet. Bei den Kindern begann die Erinnerung immer mehr zu verblassen. Sie waren kaum mehr von den Kindern von Malet zu unterscheiden. Sia pflegte den Altar der Schlangengöttin und sorgte für die Flamme im Fettöpfchen, aber im Gespräch vermied sie es, Kaftor zu erwähnen. Asterion arbeitete hart auf seinem Land. Innerhalb ziemlich kurzer Zeit hatte er aus seinem kleinen Besitz wieder eine gute Existenz für seine Familie aufgebaut. Das Leben auf Malet war friedlich. Ab und zu drangen Gerüchte zu der Siedlung hinter der Mauer durch, die kurzfristig für Aufregung sorgten.

»Im Westen von der Großen Grünen sind die Shardanen auf Sklavenjagd!« Dann nickte Asterion. Ja, die Shardanen! Er hatte sich nicht umsonst geweigert, weiter nach Westen zu ziehen, als Leander das wollte.

Schaute man vom Hügel über der Bucht aufs Meer hinaus, schien die Bedrohung durch die Shardanen unwirklich. Die steil aus dem Meer aufsteigende Südküste gab einem das Gefühl absoluter Sicherheit. Von dieser Seite konnte niemand die Insel stürmen. Und die Nordküste war gut geschützt.

Die Traubenernte auf den Hängen bei der Höhle der Finsternis brachte mehr als in den Jahren zuvor. Asterion tauschte einen Teil des Ertrags gegen Saatgut ein: Weizen, Gerste, Bohnen und Linsen. Der sich steil zum Fluß senkende Hang war schwer zu bearbeiten, aber doch fruchtbar. Costas versuchte, die schrägen Felder so weit wie möglich von Steinen zu befreien. Immer wieder wunderte er sich über die schier unglaublichen Mengen Steine und Steinchen in den Feldern, aber mit unendlichem Eifer ließ er nicht nach, sie zu entfernen. »Eines Tages schaffe ich es«, sagte er manchmal zu seinem Vater, »wenn ich nur weitermache, muß einmal der Zeitpunkt kommen, wo die Pflanzen nicht mehr von den Steinen erstickt werden.«

Asterion lächelte. Er hatte Freude an dem Eifer seines Sohnes. Der Junge wurde ein guter Bauer.

Costas richtete sich aus seiner gebückten Haltung auf und wischte mit schmutziger Hand die Haare aus dem Gesicht. Verbissen hatte er Steine aus dem niedrigsten Teil des Abhangs gesammelt und blickte nun zufrieden auf den vollen Korb. So dicht am Wasser wuchsen die Bohnen am besten. Wenn die Erde auf dem Abhang durch die anhaltende Trockenheit gesprungen war, goß Asterion mit einem Holzeimer Wasser über die jungen Pflanzen. Zufrieden stellte er fest, daß tatsächlich nicht mehr so viele Steine auf seinem langgestreckten Feld am Fluß lagen. Während er seine Füße im kühlen Wasser baumeln ließ, schaute er nach dem Bussard, der am strahlendblauen Himmel schwebte und das Land unter sich nach Beute absuchte. Es war still unter der größten Tageshitze. Von Buggarag hinter der Mauer drang kein Geräusch bis zum Eingang der Höhle der Finsternis. Costas sah zu der dunklen Höhle hinüber.

»Denk daran«, hatte Asterion ihm ans Herz gelegt, »die Grotte ist verbotenes Gebiet. Wehe, ich komme dahinter, daß du hineingehst!«

»Was ist denn da?«

»Ich weiß es nicht. Es ist heiliges Gebiet, glaube ich. Manolis sagt, daß kein Bewohner von Malet sich in die Grotte wagt, weil es ein Haus der Alten ist, genau wie die Tempel!«

Die Höhle zog Costas an, so wie Verbotenes immer verlockend ist. Seine Augen wanderten stets wieder zu der dunklen Öffnung, die nur teilweise durch die dichten Sträucher am Ufer zu sehen war. Da drinnen war es bestimmt angenehm kühl. Er hätte nur zu gerne gewußt, wie tief die Grotte war, in der der Fluß verschwand. Costas warf einen Zweig ins Wasser und schaute ihm nach. Er wurde vom Fluß mitgenommen und verschwand unter den über dem Wasser hängenden Zweigen in der Höhle. Costas zog die Füße aus dem Wasser. Vorsichtig lief er zum Eingang. Er hatte nicht die Absicht, Asterions Verbot zu mißachten, er wollte nur sehen, wo der Zweig geblieben war, bis zum Eingang durfte er schließlich gehen!

Die Sträucher dicht vor der Grotte verbargen dem Beschauer eine kleine Erhöhung des Ufers. Jetzt, da Costas darauf stand, fiel sie ihm zum erstenmal auf. Er war noch nie zuvor so dicht am Eingang gewesen. Lagen hier vielleicht Felsbrocken? Costas stocherte mit dem Stock, mit dem er die Steine aus dem Boden wühlte, in dem kleinen Hügel, um zu ertasten, wie dick die Erdschicht war. Zu seiner Überraschung stieß er nicht sofort auf eine felsige Unterlage. Er wühlte etwas Erde weg und stieß dann auf etwas Hartes, das weiß aus der gelbbraunen Erde aufleuchtete. Mit den bloßen Händen schaufelte Costas die trockene Erde weg. Das harte weiße Ding war kein Stein. Aber was war es dann? Nachdenklich erhob er sich aus seiner gebückten Haltung. Da war etwas in der Erde, etwas Großes, das nicht aus Stein war. Obwohl die Sonne über seinem Kopf brannte, spürte Costas, wie ihm ein Frösteln über den Rücken lief. Einen Augenblick dachte er daran, seinen Vater zu holen, verwarf die Idee aber sofort wieder. Asterion war ausgesprochen vorsichtig, was die Gefühle der Menschen auf Malet betraf. Ständig bemüht, sie nicht zu beleidigen oder ihre Verbote zu übertreten, würde er seinem Sohn sofort verbieten, dort, dicht vor der Grotte, in der Erde herumzuwühlen. Und Costas brannte vor Neugier!

»Ich tu' nichts, was verboten ist«, sagte er laut. »Ich bin hier noch mindestens zehn Schritte vom Grotteneingang entfernt, und niemand hat gesagt, daß ich hier nicht sein darf.«

Trotzdem zögerte er. Das Entfernen von Erde und Pflanzenwurzeln konnte eine ganze Weile dauern. Es würde auffallen, wenn er so lange wegblieb, er hatte versprochen, Sia beim Kornmahlen zu helfen. Noch einmal stocherte er mit seinem Stock in der Erde, um herauszufinden, wie groß das harte, weiße Dinge wohl war. Plötzlich sackte der Stock ein Stück tiefer ein. Nein, so ging es nicht. Er würde vorsichtig, mit einer flachen Schaufel, arbeiten müssen, sonst würde er das verschüttete Ding noch zerstören, was auch immer es sein mochte.

Sorgsam deckte Costas die aufgewühlte Erde mit ein paar dürren Zweigen ab. Wenn er keine Fragen provozieren wollte, mußte er nach Hause. Aber morgen würde er zurückkommen.

Als er den Korb mit den aufgesammelten Steinen auf die Schultern hob und den Abhang zur Mauer hinaufzuklettern begann, wußte er mit Gewißheit, daß er etwas Besonderes entdeckt hatte. Es war ein aufregender, aber auch ein bißchen schauriger Gedanke!

Es war gar nicht so einfach für Costas, seinen Plan unbemerkt auszuführen. Jeden Tag beeilte er sich mit seiner normalen Arbeit, um Zeit zu gewinnen und an der Grotte weiterzugraben, aber nie hielt er sich allzu lange dort auf. Die Arbeit war sehr mühsam. Die Sträucher am Fluß, die die Erhebung am Ufer bedeckten, hatten kräftige, endlos lange Wurzeln, die schwer zu beseitigen waren. Und Costas mußte darauf achten, daß er keine allzu deutlichen Spuren hinterließ. Mit viel Geduld kratzte er soviel Erde weg, bis er das große weiße Ding endlich freigelegt hatte. Es sah aus wie der Kopf eines großen, unbekannten Tieres. Zwei spitze Stoßzähne ragten vorne aus dem Schädel, darunter saßen Backenzähne in einem kräftigen Kiefer. Costas kannte kein Tier, das einen Kopf von solchen Ausmaßen hatte, und er grub weiter, um herauszufinden, woran dieser grausige Kopf wohl festsaß. Es wurde immer schwieriger, beim Verlassen der Stelle alles, was freigelegt war, wieder abzudecken, und es wurde für Costas auch immer schwerer, über seinen Fund zu schweigen.

Ein Besuch Leanders war die Rettung. Sobald Costas seinen Onkel für sich allein hatte, erzählte er ihm von seiner Entdeckung und bat ihn mitzugehen, um sich das seltsame Tier anzusehen.

»Aber es muß ein Geheimnis bleiben, Leander. Wenn Vater davon erfährt, macht er bloß Ärger!«

Gemeinsam stiegen sie zum Bohnenfeld am Ufer hinunter. Die heiße Luft flimmerte. »Wir sind fast da, noch ein bißchen tiefer, da, gleich vor der Grotte.«

»Ich sehe bloß Sträucher«, brummte Leander.

Für den Jungen war es ein beruhigender Gedanke, daß selbst jemand, der vorgewarnt war, aus so kurzer Entfernung nichts Besonderes an den Sträuchern bemerkte.

»Komm mit…«

Vorsichtig bog er die Zweige, hinter denen der kleine Hügel lag, zur Seite. Eine Eidechse huschte erschrocken weg, als Costas die dürren Blätter entfernte, die das Skelett bedeckten. Er hatte ganze Arbeit geleistet. Das Skelett des geheimnisvollen Tieres war von der Erdschicht befreit worden, ohne auseinanderzufallen. Da lag es nun. Es war vollständig, mit allen vier Beinen, Rippen, Schulterblättern und Wirbeln. Es sah aus, als grinste der grausige Schädel.

Leander sog hörbar die Luft zwischen den Zähnen ein. »Junge, Junge, Costas, und niemand weiß davon?«

»Nein. Ich hab' es ganz allein ausgegraben. Aber was ist es, Leander? Ich hab' so was noch nie gesehen!«

Leander ging in die Knie und befühlte die Knochen. Prüfend glitt seine Hand über den gewaltigen Kopf mit den spitzen Stoßzähnen. Etwas Grauenerregendes ging von dem Skelett aus. Leander unterdrückte ein vages Angstgefühl. Worte tauchten in seiner Erinnerung auf, seltsame Worte und Namen, die er in einer Hafenkneipe gehört hatte. Er war nicht mehr ganz nüchtern gewesen, als Brando, der Fischer, vom alten Malet redete, dem Malet der Tempelerbauer. Bevor die Alten die gewaltigen Heiligtümer errichteten, hatte es seltsame Tiere auf Malet gegeben, Tiere, die es nun schon lange nicht mehr gab. Wie hatte Brando doch gleich das eigenartige Tier mit dem großen Kopf und den Stoßzähnen genannt? Es war etwas, was mit E anfing, so ähnlich wie »elf«, aber länger. Leander bedauerte, daß er in seinem benebelten Zustand nicht besser zugehört hatte. Er mußte den Mann wiedersehen, ihn weiter über die Vergangenheit von Malet befragen.

»Was machen wir jetzt?« fragte der Junge neben ihm. »Gibt es solche Tiere noch auf Malet, Leander? Und sind sie gefährlich?«

»Ich glaube, es ist am besten, wenn du das alles hier wieder abdeckst und vorläufig niemandem davon erzählst«, sagte Leander. »Ich kenne einen Mann in Cheman, der vor kurzem in einer Hafenkneipe etwas über die Alten erzählt hat und über die Tiere, die heute ausgestorben sind, die es hier aber gegeben hat, bevor die Tempel gebaut wurden. Ich gehe den Mann besuchen und bitte ihn unauffällig, mir alles nochmals zu erzählen. Ich hab' damals nicht gut aufgepaßt, weil ich müde war und zuviel getrunken hatte.«

Weder Leander noch Costas verloren ein weiteres Wort über die Entdeckung des Skeletts.

Auf Malet dauerte die Dämmerung nie lange, und nach dem Abendessen wurde es rasch dunkel in der Hütte. Sia stellte das Fettöpfchen auf den Tisch. Nur noch schemenhaft waren die Gesichter zu erkennen, und bizarre Schatten tanzten an den Wänden. Asterion dachte laut nach. »Nach dem Schlachten muß das Fleisch eingepökelt werden, und auch eine ordentliche Menge Fisch, für die Zeit, wenn die Winterstürme den Fischfang unmöglich machen. Ich brauche Salz!«

»Was kannst du im Tausch anbieten?« Leander wurde plötzlich gesprächig. »Beim nächsten Vollmond segelt die Salzflotte nach Gawl. Ich habe versprochen, eines von den Schiffen zu steuern. Ich kann Salz für dich mitbringen, aber ich brauche Tauschware.«

»Linsen«, sagte Asterion schnell. »Ich hab' eine beachtliche Linsenernte. Wie ist das Verhältnis?«

Aber Leander machte mit der Hand eine abweisende Gebärde. »Linsen, das ist doch kein Tauschartikel für Gawl!«

»Warum denn nicht?«

»Gawl – Mensch, das ist doch die Linseninsel. Da

baut fast jeder Bauer Linsen an. Und die auf Gawl sind von bester Qualität. Nein, du mußt dir schon was anderes ausdenken.«

Asterion seufzte. »Ich hab' noch nicht genug Wein. Wir könnten uns mit dem Vieh behelfen, aber mehr auch nicht. Ich kann nichts zum Handeln entbehren.« Er schwieg kurz. Dann sagte er: »Aber ich muß Salz haben.«

Das Flämmchen flackerte, als Leanders Hand mit einem Klatsch auf den Tisch schlug. »Ich hab's! Ich kann dir sagen, wie du an Salz kommst! Ich arbeite für Salz als Belohnung. Wenn die Flotte wieder in Cheman zurück ist, werden wir alle in Salz ausbezahlt. Ich bekomme mehr, als ich selber brauche. Aber auch wieder nicht soviel, daß ich dir damit über den Winter helfen könnte. Ich hab' einen besseren Plan: Laß Costas mitgehen. Er ist zwar kein vollwertiger Schiffer, aber er kann als Hilfskraft arbeiten, als Schauermann, und so kann er für dich Salz verdienen. Ich denke, daß ihr ihn jetzt auf dem Land ganz gut entbehren könnt.«

Asterion antwortete nicht gleich. Es klang verlockend, aber Costas war noch sehr jung. Konnte er ihn Leander anvertrauen?

Der Junge sah seine Gelegenheit zu einem Abenteuer. Aufgeregt drängte er: »Laß mich gehen, Vater! Das hört sich toll an! Und wenn ich mit Leander gehe, brauchst du dir doch keine Sorgen zu machen. Ich kann Cheman, den großen Hafen, sehen, die Insel Gawl, und du brauchst für dein Wintersalz nichts zu bezahlen, denn das hab' ich dann ehrlich verdient.

Hier gibt es ja doch nur noch wenig zu tun, du brauchst mich jetzt nicht mehr unbedingt.«

»Das scheint mir ein guter Plan zu sein!« sagte Sia. »Da siehst du mal wieder, für alles gibt es eine Lösung. Man muß sich nur ein bißchen anstrengen!«

Asterion ließ sich seine Überraschung über das Einverständnis seiner Frau nicht anmerken. »Kommt, gehen wir schlafen. Noch zwei Nächte, dann müßt ihr aufbrechen.«

Der alte Feind

Der große Hafen Cheman war eine neue Welt für Costas. Er erinnerte sich noch vage an die Geschäftigkeit, die im Hafen Amnisos geherrscht hatte, nördlich von Knossos, auf Kaftor. Das war eine ganz andere Welt gewesen. Nichts in Amnisos und seiner Umgebung hatte nach Befestigung oder Verteidigung ausgesehen. Es war der Handelshafen eines ausnehmend wohlhabenden Landes gewesen. Hier, auf Malet, sah alles so völlig anders aus. Leander erklärte ihm, daß die tief eingeschnittenen Meerarme, in denen der Hafen lag, besonders günstig für die Verteidigung waren, falls feindliche Flotten Malet überfallen sollten.

Zum erstenmal in seinem Leben lernte Costas die Geheimnisse des Tauschhandels kennen. Gawl war die Linsen- und Salzinsel. Im Norden von Gawl lagen die großen Salzgärten. Diese waren entweder innerhalb von Mauern oder in flachen Steinbecken angelegt, wo das Meerwasser in der Sonnenhitze schnell verdampfte und dann eine weiße Lage Salzkristalle zurückließ. Salzgewinnung war überall um die Große Grüne möglich, aber manche Stellen eigneten sich besser als andere, und der Norden von Gawl war besonders ideal dafür. Viele Menschen lebten nur davon.

»Es geht beim Handel darum, daß man etwas, was man übrig hat, gegen etwas tauscht, was man braucht. Dazu muß man fast immer eine Reise machen, denn die Menschen in deiner Nachbarschaft haben meist die gleichen Produkte wie du selbst.«

Seit sie auf Malet untergekommen war, hatte Asterions Familie immer selbst für Nahrung sorgen müssen. Hier, in Cheman, sah Costas, wie die dicht beieinanderwohnenden Menschen ihre Arbeit ganz anders aufgeteilt hatten.

»Schau«, zeigte Leander, »die Kneipe da! Das ist das Haus von Balis, einem Mann, der nach einem schweren Unglück auf See gerade noch gerettet werden konnte. Seither fürchtet er sich vor dem Meer. Er will nie wieder auf Fischfang gehn. Er hatte einen kleinen Gerstenacker und einen Weingarten an einem Hügelhang. Jetzt ist er mit seinen Söhnen das ganze Jahr damit beschäftigt, Trauben und Gerste anzubauen und zu ernten, um Wein und Bier daraus zu machen. Das liefert er allen, die es haben wollen, im Tausch gegen Fisch und Fleisch und allerlei andere Dinge, die er selbst für seine Familie braucht. Weil er also nur von

Wein und Bier leben muß, ist er gezwungen, sehr gute
Ware zu produzieren. Es gibt nirgends besseren Wein
oder besseres Bier als in der Kneipe von Balis. Deshalb
findet man da abends so viele Leute, es ist ein Treff-
punkt geworden, wo man Neuigkeiten erfahren kann.«

»Aber woher weißt du nun genau, wieviel du für
das, was du anbietest, verlangen kannst?«

»Junge, das lernst du von selbst. Das ist Fachwissen,
genauso wie man zum Bauen von Schiffen Fachwissen
braucht. Alles muß erlernt werden!«

Costas fand Leanders Unterkunft im Haus der Witwe
Manara nicht besonders verlockend. Er schlief in einer
Ecke auf dem Boden. Es roch muffig, nachts huschten
die Ratten raschelnd durchs Stroh, auf der Suche nach
Essensresten. Aber Jammern hatte keinen Sinn. Wenn
Leander es in diesem schmuddeligen Haus aushalten
konnte, mußte er das auch können. Es blieb ihm
schließlich auch gar nichts anderes übrig.

Am Abend, bevor die kleine Flotte von zehn Schiffen aus Cheman auslief, hatte Leander einen Anfall
von Spendierfreudigkeit. Er lud Costas in die Kneipe
von Balis ein, wofür er erst vor kurzem eine Ladung Fische gefangen hatte.

Die Schiffe lagen schon klar, um am nächsten Morgen bei Sonnenaufgang auszulaufen. Costas würde als
Schauer auf Leanders Schiff mitfahren.

Aber jetzt in der Kneipe trank er zum erstenmal den
schweren Wein von Balis. Tatsächlich ein ganz anderer Geschmack, als er ihn von zu Hause gewöhnt war.

Um sich herum hörte Costas Männer Neuigkeiten austauschen.

»Wir bleiben nur kurz«, warnte Leander ihn. »Morgen müssen wir früh an Bord. Da können wir keinen benebelten Kopf brauchen.«

Gerade als sie aufstanden, um die Wirtschaft zu verlassen, kam ein Mann herein. Er verschwand in einer dunklen Ecke, wo er ein lebhaftes Gespräch mit dem Wirt begann.

Leander blieb stehen. »He, das ist er!«

»Wer?« fragte Costas, mit den Gedanken ganz woanders.

»Brando, der Alte, von dem ich dir erzählt hab', der neulich von den Tempelerbauern geredet hat.«

Vergessen war der Vorsatz, früh schlafenzugehen. Man mußte die Gelegenheit beim Schopf greifen, wenn sie sich ergab. Wer wußte, wie lange es dauern würde, bis sie den Mann wiedertrafen.

Es dauerte eine Weile, denn der alte Fischer hatte nicht die Absicht, sein Gespräch mit dem Wirt abzubrechen. Leander und Costas warteten geduldig. Das kostete Leander auch noch einen Krug Wein, wofür er dem Wirt eine neue Anzahl Fische versprach. Brando kam erst nach dem zweiten Becher in Schwung.

»Über die Tempelerbauer willst du etwas wissen? Woher auf einmal das Interesse?«

»Du hast davon erzählt, vor einem Mond. Ich hab' damals nur die Hälfte verstanden. Ich möchte gerne mehr darüber wissen. Wer waren diese Tempelerbauer?«

Der Alte wischte sich den Mund mit der Innenseite

des Ärmels ab. In der Dunkelheit war von seinem Gesicht nicht viel zu sehen. Er war müde und sehnte sich nach Schlaf. Andererseits fühlte er sich durch das Interesse aber auch geschmeichelt. Er hatte seine Geschichte schon so oft zum Besten gegeben, aber niemand aus der Hafengegend schenkte ihr noch Beachtung.

»Mein Vater war aus Iapygia...«, begann er. »Er war mit einer kleinen Gruppe Bauern von Sicania nach Malet gekommen. Malet war unbewohnt. In Iapygia und auf Sicania saßen sie zu dicht aufeinander. Es gab oft Streit um die Tiere, die sich verirrt hatten. Wenn man zu dicht beieinanderwohnen muß, passiert das. Ich weiß noch, wie meinem Vater einmal zwei Schafe fehlten...« Er verlor den Faden, wußte nicht mehr genau, was er hatte sagen wollen.

»Du sollst von den Tempelerbauern erzählen.«

»O ja. Sie gingen also nach Malet, mein Vater und noch einige Bauernfamilien. Denn auf Malet wohnte niemand. Man brauchte sich das Land nur zu nehmen. Man konnte selbst bestimmen, wo man seine Hütte hinbaute. Kein Mensch, der einem Befehle gab.«

»Scheint mir fast zu schön, um wahr zu sein«, sagte Leander, um ihn anzuspornen. »Und hat das alles so geklappt?«

»Was?«

»Na, ist es dem Grüppchen Bauern gelungen, die Insel untereinander aufzuteilen? Ich erinnere mich, daß du doch erzählt hast, daß ihr Menschen begegnet seid.«

»Nee, nee«, brummte Brando, verärgert, daß man ihm ins Wort fiel. »Es gab hier keine Menschen. Aber früher einmal müssen welche hier gelebt haben. Das Volk, das die Tempel erbaute.«

»Und was ist aus denen geworden?«

In der Wirtschaft war es nun still. Die Gäste waren verschwunden. Der Wirt war damit beschäftigt aufzuräumen. Es war dunkel, nur das Fettöpfchen auf der Theke verbreitete noch ein bißchen Licht. Obwohl er die Geschichte des Alten schon so oft gehört hatte, schob der Wirt einen Hocker neben ihn und hörte zu.

»Weiß ich nicht. Was ich dir erzähle, hab' ich von meinem Vater gehört. Niemand hat sie je gesehen, die Tempelerbauer. Mein Vater hat immer gesagt, daß es ein starkes Volk gewesen sein muß, stark und mächtig. Aber dann muß etwas geschehen sein, vor langer Zeit, warum sie ausgestorben oder geflüchtet sind, wer kann das schon sagen? Vielleicht wurden sie auch ausgerottet. Jedenfalls sind sie spurlos verschwunden. Vielleicht wurden sie von Seeräubern ermordet, vielleicht kamen sie durch eine große Dürre um. Niemand weiß es. Die Tempel sind stehengeblieben. Die werden immer dableiben. Wer würde es wagen, sie abzureißen?«

»Wozu sind sie erbaut worden?« forschte Leander behutsam weiter. »Waren es wirklich Tempel? Du mußt doch gehört haben, wozu sie dienten? Für wen sie gebaut wurden? Und warum gibt es so viele! Warum sind sie so gewaltig groß? Und wie hat man diese Bauten zustande gebracht?«

»Das weiß niemand. Das wußte mein Vater auch nicht. Als unsere Leute nach Malet kamen, war schon lange keiner mehr von dem alten Volk da, der es ihnen hätte erzählen können.«

So kommen wir nicht viel weiter, dachte Costas. Aber er sagte kein Wort, aus Angst, daß dann gar nichts mehr aus Brando herauszubekommen wäre.

»Da waren doch auch noch Tiere«, drängte Leander weiter. »Du hast etwas von großen Tieren gesagt, von Tieren, die ganz anders sind, als wir sie kennen.«

Der Fischer nahm einen großen Schluck. Er stellte den leeren Becher mit einem Knall auf den Tisch und stand auf.

»Hier«, sagte Leander schnell, während er den letzten Rest aus dem Krug in Brandos Becher schenkte. Er hatte nicht die Absicht, ihn so schnell gehen zu lassen. »Wie war das also mit den Tieren?«

»Weiß ich nicht... Einst gab es große Tiere auf dieser Insel. Warum sie wieder verschwanden, weiß auch niemand. Manchmal kann man ihre Skelette noch in Grotten und Felsspalten finden, aber man tut gut daran, sie in Ruhe zu lassen. Genau wie die Tempel. Die Tiere und die Tempel, die gehören zu einer anderen Zeit. Darum lassen wir sie in Ruhe. Man darf die Geister und Götter von den Alten nicht erzürnen.«

»Die Tiere«, fing Leander wieder an, »wie sahen die aus? Du hast doch mal erzählt, wie groß sie waren und wie sie hießen.«

»Hab' ich das? Warum hast du dann damals nicht zugehört, wenn du so neugierig bist. Ich bin müde. Es ist ein anstrengender Tag gewesen. Ich will schlafen. Laß mich in Ruh.«

Stöhnend erhob er sich, suchte den Weg zur Tür. Als er verschwunden war, sagte der Wirt: »Ich würde auch schlafen gehen, an eurer Stelle. Ihr müßt doch mit der Salzflotte mit? Wenn du noch ein bißchen wartest, kannst du gleich an Bord gehen. Das von den Elefanten und Flußpferden mußt du ihn später mal erzählen lassen.«

Elefanten und Flußpferde! Das waren Worte, die Costas nie mehr vergessen würde.

»Wenn wir von Gawl zurück sind, werden wir versuchen, ihn wieder ans Reden zu kriegen«, versprach Leander. »Jedenfalls wissen wir, daß das Skelett, das du bei der Höhle der Finsternis gefunden hast, von einem dieser ausgestorbenen Tiere stammt.«

Es dauerte lange, bis Costas in dieser Nacht einschlief.

Zehn Schiffe mit vielfältigen Handelswaren sollten den großen Hafen verlassen. Die Ladungen waren bereits geliefert, und überall waren die Schiffer und ihre Helfer mit dem Verladen beschäftigt. Da gab es zahlreiche Weinfässer und Olivensäcke, Stapel von gegerbtem Leder, bronzene Gerätschaften, Tuchwaren, aber vor allem auch viel Vieh. Das Schiff, das Leander steuern mußte, sollte Schafe befördern, so ziemlich das unangenehmste Frachtgut. Die im vergangenen Frühjahr geborenen Lämmer waren stark und lebhaft. Obwohl sie eng zusammenstanden und gut festgebunden waren, war es eine Ladung, die ständig in Bewegung blieb, mit allen damit verbundenen Risiken. Leander hätte viel darum gegeben, etwas anderes befördern zu können, aber er durfte sich nicht beschweren. Er mußte froh sein, daß er überhaupt einen Auftrag bekommen hatte.

Gemeinsam mit Costas kontrollierte er das Schiff. Anscheinend war alles in Ordnung. Es war ein solides Schiff, mit einem Steuerriemen und einem viereckigen Rahsegel. Auf den Bug waren zwei Augen gemalt, wie es auf Malet üblich war.

Dann legten die Schiffe der Salzflotte nacheinander ab. Leanders Schiff blieb noch im Hafen, seine Ladung war noch nicht angekommen. Die Zeit verstrich. Leander wurde immer unruhiger. Die verdammten Lämmer!

»Du bist spät dran, du solltest dich beeilen.«

Leander drehte sich um. Hinter ihm stand Keran, eine bekannte Gestalt aus dem Hafenviertel. Tiefe Linien im Gesicht und eine verwitterte, gegerbte Haut zeigten, daß er schon sein ganzes Leben in Wind und Wetter verbracht hatte.

»Was meinst du damit?«

»Die Salzflotte fährt dieses Jahr viel zu spät, sie hätte eigentlich schon wieder zurück sein müssen. Jeden Augenblick kann das Wetter umschlagen.«

Leander schaute hoch. Strahlend stand die Sonne am wolkenlosen Himmel. Es war warm. Der Wind brachte kaum Kühlung. Was faselte Keran da?

»Du tust, als wären wir mondelang unterwegs«,

brummte er. »Mensch, wir sind doch im Handumdrehen wieder zurück. Und vorläufig ist es noch ganz schön heiß.«

Keran sah ihn lange an. Es war ihm schon bei einer flüchtigen früheren Begegnung aufgefallen, daß der junge Schiffer nicht von Malet stammte. Er sprach jedenfalls mit einem anderen Akzent.

»Von wo kommst du, Schiffer?«

»Kaftor. Ich bin durch die große Katastrophe von Kaftor vertrieben worden. Ich bin hierhergeflüchtet.«

Es war ein Gespräch mit langen Pausen. Keran ließ Leanders Worte sich setzen, ehe er wieder etwas sagte.

»Ja, ja. Wenn du dein ganzes Leben lang hier gewohnt hast, so wie ich, dann weißt du, daß das Wetter hier im Herbst ganz plötzlich umschlagen kann. Eben noch hattest du strahlenden Sonnenschein, und schon kommt Sturm auf. Schon mal einen Herbststurm auf Malet erlebt?«

»O ja, klar, wir sind schon seit mehr als zwölf Monden hier.«

Der andere nickte langsam. Dann lachte er ein schiefes, lautloses Lachen. »Schon mehr als zwölf Monde, soso! Und dann glaubst du, daß du Malet kennst. Der letzte Winter war für Malet ungewöhnlich ruhig. Er war kurz und nicht kalt, und es gab kaum Sturm. Es kann auch anders zugehen auf Malet.«

Leander ließ den Mann reden. Seine Aufmerksamkeit galt etwas anderem. Er sah das achte Schiff abfahren, und noch immer war seine lebende Ladung nicht angekommen.

95

»Bleib hier«, sagte er zu Costas. »Ich geh' mal nachsehen, was los ist.«

Mit gerunzelter Stirn lief er in die Richtung des Hauses von Bunnag, seinem Auftraggeber. Auch Keran war in Bewegung gekommen. »Fremde!« sagte er mit Verachtung in der Stimme und spuckte auf den Boden. Costas grinste. Was macht das schon, dachte er. dann fahren wir eben ein bißchen später los.

Erst am späten Nachmittag kam der Bauer mit den Lämmern. Er hatte Mühe gehabt, die Tiere zusammenzutreiben und sie zum Hafen zu bringen. Blökend, aufgedreht, unwillig wuselten sie am Ufer durcheinander. Leander zählte sie nach. »In Ordnung«, sagte er, worauf sich der Bauer umdrehte und sich auf den Rückweg machte.

»He! Hilfst du mir nicht, die Tiere an Bord zu kriegen?«

Der Mann blieb kurz stehen. »Du wirst sie über Nacht in einem Stall unterbringen müssen«, sagte er ungerührt. »Du kannst sie kaum noch heute nacht nach Gawl bringen, und bis morgen kann ich nicht warten. Gute Reise!«

Bestürzt sahen sich Leander und Costas an. Der Junge hielt die Seile in der Hand, die ihm von dem Bauern zugeworfen worden waren.

»Was machen wir jetzt?«

Leander fluchte. »Verdammt! Und zu allem Überfluß hat er auch noch recht. Was machen wir über Nacht mit den Tieren?«

Ein paar Männer waren stehengeblieben. Wie immer, wenn etwas Ungewöhnliches passiert, versammelte sich schon bald eine Anzahl Zuschauer, die meinten, guten Rat geben zu müssen.

»Der Bauer hat recht. Du kannst heute nicht mehr fahren. Such dir einen Platz, wo du die Tiere unterbringen kannst.«

»Bist du schon mal nach Gawl gefahren, Schiffer? Die Flotte ist weg, du wirst den Weg alleine finden müssen.«

In Leander stieg Unsicherheit auf, dennoch antwortete er: »Na und? Ich weiß schon, wie ich fahren muß. Ich kann den Kurs ja gar nicht verlieren, wenn ich nur immer an der Küste entlangfahre. Ihr tut geradezu, als ob ich die Große Grüne überqueren müßte.«

Warum sagte er das bloß? Um sich selbst davon zu überzeugen, daß er es auch aus eigener Kraft schaffen konnte?

»Kennst du die Strömungen nicht? Dicht unter der Küste zu fahren kann gefährlich sein.«

»Jetzt hör mal zu!« begann sich Leander gekränkt seiner Haut zu wehren. »Ich bin von Strongili nach Kaftor gekommen und von Kaftor nach Malet. Das ist doch wohl ein bißchen was anderes als so eine Fahrt von Malet nach Gawl!« Allerdings verschwieg er, daß er von Strongili nach Kaftor mit dem Tod im Rücken geflüchtet war und daß es pures Glück gewesen war, daß er unterwegs nicht ertrunken war. Es war um Leben und Tod gegangen. Und auf der Reise von Kaftor nach Malet hatte dann Asterion das vollbeladene Boot gesteuert, nicht Leander. Asterion war der erfahrene Seemann, nicht er. Um sich sein wachsendes Unbehagen nicht anmerken zu lassen, sagte Leander zu den anderen: »Soll mir mal lieber jemand sagen, wo ich mit dieser verdammten, blökenden Horde hin soll!«

»Hinter der Wirtschaft liegt eine kleine, umzäunte Weide. Da kannst du sie über Nacht lassen.«

Das war eine Lösung. Gemeinsam brachten sie die widerspenstigen Tiere zu der Weide hinter der Kneipe. Dann gingen sie in das Gasthaus, um sich den Ärger mit einem Becher Wein von der Seele zu spülen. Es war voll in der Kneipe. Balis hatte nicht Hände genug, um seine Kunden zu bedienen.

Während Leander und Costas geduldig warteten, bis sie an der Reihe waren, ließen sie den Blick durch die schummrige Kneipe gleiten.

»He, Leander, schau mal da, ganz hinten, in der Ecke!«

Der alte Brando, mit dem sie am Abend vorher gesprochen hatten, hatte eben seinen Trinkbecher geleert und stellte ihn mit betrübtem Gesicht wieder auf den Tisch. Dann stand er auf und stolperte zur Tür. Dabei rempelte er einige Männer an, aber niemand nahm Notiz von ihm. Als er an Leanders Platz vorbeikam, zog ihn dieser an der Jacke.

»Na, noch Lust auf einen Schluck, Alter?«

Der alte Brando sah ihn mißtrauisch an. Dann schien er den Mann vom Vortag zu erkennen, und wortlos sackte er auf den Hocker, den Costas ihm hinschob.

Leander lief zu Balis, um seine Bestellung aufzugeben. Es dauerte einen Augenblick, bis sie sich über den Preis einig wurden. Inzwischen versuchte Costas, den Mann zum Reden zu bewegen.

»Gestern hast du von den Tieren erzählt«, sagte er sanft, während er seine Hand vertraulich auf den Arm des Alten legte. »Du warst bei den Ele... Elefanten und den Pferden aus dem Fluß stehengeblieben.«

Brando überlegte angestrengt. Er konnte sich nicht erinnern, über die Tiere gesprochen zu haben.

Die Rückkehr Leanders mit drei schweren Weinbechern lenkte ihn einen Moment ab. Zufrieden schmatzte er mit den Lippen, als er den Becher mit beiden Händen an den Mund setzte.

»Wer redet, soll auch trinken«, sagte Leander. »Wie war das noch mit den Tieren?«

»Ich selbst habe sie nie gesehen.«

»Was war denn so Besonderes an ihnen?«

Brando nahm einen großen Schluck. Die Fremden hatten ihm Wein ausgegeben, dafür wollten sie etwas von ihm wissen. Langsam begann er zu erzählen.

»Große Tiere waren es, viel größer, als wir sie heute kennen. Eines war dabei, das eine ganz lange Nase hatte, so lang, daß es damit die Blätter aus hohen Bäumen pflücken, aber auch bequem Nahrung vom Boden aufnehmen konnte. Die Tiere mit der langen Nase fraßen nämlich kein Fleisch. Sie machten keine Jagd auf andere Tiere. Sie waren groß und schwer. Es gab verschiedene Arten von ihnen. Manche waren dabei, die wohl mehr als eine Manneslänge hoch waren, und es gab auch welche, die so groß wie Ziegen waren.«

»Ja sicher«, entfuhr es Costas, »ist doch klar. Das waren natürlich die Jungtiere.«

Der Alte schüttelte den Kopf. »Nein, das war einfach eine andere Art. Die großen Tiere nannten sie Elefanten, und die kleinere Art, das waren Zwergelefanten. Seltsame Tiere mit großen Segelohren und kleinen Augen. Obschon sie kein Fleisch fraßen, waren sie doch für den Menschen sehr gefährlich. Sie konnten einen mit ihrer langen Nase hochheben und durch ihre enorme Stärke einfach plattdrücken. Solche Füße hatten die!« Mit den Händen deutete er den Umfang an.

Costas und Leander bemerkten, daß der Mann allmählich Spaß an seiner eigenen Geschichte bekam. »Es gab auch Flußpferde. Gewaltige, plumpe und schwere Tiere auf ganz kurzen Beinen. Sie hatten einen Leib, der bestimmt so groß war wie der eines Elefanten, und sie lagen ständig im Schlamm und fraßen Unmengen Wasserpflanzen. Die Flußpferde waren auch gefährlich. Dann gab es auch noch riesengroße Mäuse, so groß wie junge Hunde.«

»Und weiß niemand, wie diese Tiere dann verschwunden sind? Es muß doch einen Grund dafür gegeben haben. Genau wie für den Bau dieser riesigen Tempel. Weißt du da wirklich nichts drüber?«

Brando bedauerte aufrichtig, daß er nicht mehr zu erzählen wußte. Alle Männer aus dem Hafenviertel kannten seine Theorien über die alten Tiere schon. Es war nicht so, daß sie ihm nicht glaubten, aber so allmählich kannten sie alles. Schließlich kam nie etwas Neues hinzu. Nun hatte er in den Fremden neue Zuhörer gefunden, aber er hatte alles erzählt, was er wußte. Der Junge bohrte noch einmal nach: »Glaubst du, daß die Tiere heilig waren? Genau wie bei uns auf Kaftor der Stier heilig war? Auch der Stier ist ein gewaltig großes und starkes Tier.«

In Leander wuchs der Verdacht, daß er zum Narren gehalten wurde, daß der Alte etwas zusammenfaselte, um bequem zu einem Becher Wein zu kommen. Argwöhnisch fragte er: »Wenn die Tempelerbauer und die großen Tiere schon verschwunden waren, bevor dein Volk auf Malet erschien, woher weißt du das dann alles so genau?«

Falls er geglaubt hatte, der Mann sei durch diese Frage zu verunsichern, dann hatte er sich gründlich geirrt. Die schwarzen Augen unter den schweren Brauen sahen ihn feindselig an.

»Die Tempel stehen doch da! Du hast doch wohl nicht gedacht, die hätten wir selbst gebaut? Und was die Tiere betrifft, man findet manchmal noch Überreste davon, Knochen und so. Aber wenn ich dir einen guten Rat geben darf: Laß die Finger davon. Laß sie in Ruhe. Geh sie nicht suchen. Was interessiert es dich, wie die Tiere nun genau ausgesehen haben? Du könntest mit deiner Neugier möglicherweise die Götter verärgern. Darfst du nicht tun – die Götter ärgern. Wir, von Malet, tun das nicht. Und als Fremder solltest du dich erst recht nicht damit beschäftigen.«

Der Wein war zu Ende. Er gähnte.

»Danke für den Wein«, sagte er plötzlich wieder freundlich. »Wenn ihr morgen ausfahrt, dann achtet auf die Klippen an der Nordostspitze. Die können ganz schön tückisch sein.«

Mühsam stand er auf, mit krummem Rücken schlurfte er zum Ausgang.

»Komm«, sagte Leander, »wir gehen auch schlafen. Laß uns am besten gleich draußen bei den Tieren bleiben. Manara erschrickt sich zu Tode, wenn wir so spät noch ankommen.«

Es war eine warme Nacht. Am wolkenlosen Himmel standen unzählige Sterne. Aber um den Mond lag ein Hof, der in der vorigen Nacht noch nicht dagewesen war.

Und Costas träumte von gewaltigen, gefährlichen Tieren.

Der Weg vom Brunnen bis zum Haus im Wall von Buggarag war buchstäblich eine Kletterpartie, und Sia keuchte, als sie hinaufstieg. Bei jedem Schritt wirbelten zu ihren Füßen gelbe Kalkstaubwolken auf. Der Schweiß lief ihr über das Gesicht. Sia war müde. Am liebsten hätte sie die Schultern sinken lassen und den Rücken gekrümmt, aber der schwere Krug auf ihrer rechten Schulter zwang sie, weiter aufrecht zu gehen, um das Gefäß im Gleichgewicht zu halten. Wenn man jeden Tropfen Wasser selbst heranschleppen muß, merkt man erst, wieviel Wasser ein Mensch verbraucht, dachte sie.

Es war doch ziemlich unangenehm, daß Costas nicht da war. Bela konnte sie nicht so schwere Krüge schleppen lassen. Sie hatte keine Hilfe an dem Kind, das wieder fröhlich mit Lani zur Bucht fortgerannt war, um schwimmen zu lernen.

Die Sonne stand senkrecht über Malet, die Hitze flimmerte. Sia zwang sich, aufrecht weiterzugehen, die Augen geradeaus gerichtet auf die Mauer oben am Abhang.

»Guck, wo du hinläufst«, sagte sie immer zu Bela, wenn das Kind wieder einmal über seine eigenen Füße stolperte. Und eben dieser Gedanke schoß ihr auch durch den Kopf, als ihr Fuß wegsackte und sie vornüberfiel. Zu spät! Tränen des Schmerzes und mehr noch der Wut schossen ihr in die Augen. Der Krug war kaputt, das kostbare Wasser innerhalb weniger Sekunden in der knochentrockenen Erde verschwunden. Nur ein dunkler Fleck war übrig.

Sia blieb sitzen und rieb sich den schmerzenden Knöchel. Diese verdammten Fahrrinnen! Sie führten von den Baumstämmen her, die man für den Transport benutzte. Zwischen die langen Stämme wurden Lastkörbe gehängt und das ganze Gefährt dann von Böcken gezogen. Es war ein miserables Beförderungsmittel. Erstens, weil in die Körbe nicht viel Last hineinpaßte, und zum zweiten, weil die langen Baumstämme tiefe Rinnen in den trockenen Kalkboden gruben, in denen man sich nur allzuleicht den Fuß brechen konnte. Sia konnte noch von Glück reden, daß ihr Sturz so glimpflich ausgegangen war.

Es geschah nicht oft, daß Sia sich dem Selbstmitleid ergab, aber jetzt war es soweit. Die immer geduldige, immer optimistische Sia, die durch die schlimmsten

Situationen nicht aus der Fassung gebracht werden konnte, geriet jetzt, nur durch das Zerbrechen eines einfachen Wasserkruges, völlig außer sich. Das Gefühl von Ohnmacht schlug in heftige Wut um. Sie war wütend auf Manolis, der nicht auf seine primitiven Beförderungsmittel verzichten wollte, wütend auf Asterion, der noch keinen richtigen Wagen mit Rädern gemacht hatte, so wie sie auf Kaftor benutzt wurden, wütend auf die Kinder, die sie mit aller Arbeit allein ließen. Die Tränen strömten Sia über die staubigen Wangen. Sie versuchte, sie wegzuwischen, aber sie rannen weiter, und im Handumdrehen sah sie aus, als ob sie sich seit Ewigkeiten nicht mehr gewaschen hätte. Jetzt, wo niemand in der Nähe war, ließ sie sich gehen. Immer nur die andern aufmuntern müssen, immer nur sagen: Wir haben Glück gehabt, es hätte schließlich auch noch viel schlimmer kommen können! Denkt mal an Strongili, an Gournia, an Olous. Wir leben noch! Es gibt immer einen Neubeginn, wenn die Ernte gut wird, wenn die Kinder erst größer sind…

Wie lange sie da so gesessen hatte, das wußte sie nicht. Auf einmal kam ihr zu Bewußtsein, daß sie dasaß wie ein Schwachkopf. Kein Mensch würde ihr aufhelfen, wenn sie es nicht selbst tat.

»Verdammt!« sagte Sia laut. »Verdammt und zugenäht! Ich will nicht mehr schuften wie die erstbeste Sklavin, ich will nicht mehr, ich will nicht mehr!« Erschrocken flatterte ein Vogel aus den Sträuchern, aufgeschreckt durch ihre zornige Stimme. Sonst war ringsherum Stille.

Sia fühlte sich lächerlich, hilflos, verzweifelt. Schließlich stand sie auf, schob die Scherben weg, humpelte weiter den Abhang hinauf. Jetzt nur niemandem begegnen, der sagte: Was ist los, Sia? Hast du dir weh getan? Wenn mich einer was fragt, dann fang' ich an zu schreien, ganz laut!

Sie begegnete niemandem. Die Männer waren auf See, die Frauen schliefen in der größten Mittagshitze. Sie stieß die Tür ihres Hauses auf. Ein Lichtstreifen fiel direkt auf den Altar mit der Muttergöttin von Kaftor. Da stand sie, wie immer, die Schlangen um ihre Arme gewickelt, den Blick ins Zimmer gerichtet. Sia ließ sich auf die Bank fallen und lehnte den Rücken an die Wand. In der Kühle des dunklen Hauses wurde sie etwas ruhiger.

»Warum machst du es deinen Kindern so schwer!« sagte sie laut zur Schlangengöttin. »Warum tust du nichts?«

Um die Flamme in dem Fettöpfchen brummte eine dicke Fliege. Sia saß lange Zeit da, und ganz allmählich verrauchten Wut und Auflehnung. Irgendwo in der Ferne bellte ein Hund. Das vertraute Geräusch brachte sie in die Wirklichkeit zurück. Sie mußte die Tiere versorgen. Sie mußte Wasser holen. Sia erhob sich und nahm einen leeren Krug.

Und alles begann wieder von neuem.

Im gleichen Augenblick, in dem sich Sia den Fuß in der Rinne verstauchte, hatte auch Asterion Probleme mit den tiefen Fahrrinnen von Malet. Er hatte mit dem

Schlitten von Manolis ein schweres Weinfaß zu einem Bauern in Senarag gebracht, der hinter dem Tempel der aufrechtstehenden, alten Steine wohnte. Im Tausch dafür hatte er sich bronzene Gerätschaften ausbedungen, die er dringend brauchte. Auf dem Rückweg stieg er selbst in den Korb. Die Böcke zogen den leichter gewordenen Schlitten zwar deutlich schneller, aber gleichzeitig fuhren sich die auf dem Boden schleifenden Stämme viele Male in den alten, steinharten Fahrspuren fest. Asterion beschloß, dem Wirrwarr von Wagenspuren auszuweichen, indem er einen kleinen Umweg über den viel weniger oft benutzten Pfad am Senabach entlang machte. Ungefähr auf halbem Weg, da wo der Bach einen anderen Wasserlauf kreuzte, lag eine hölzerne Brücke. Vorsichtig führte Asterion seine Böcke auf die schmale Brücke über dem tosenden Wasser. Am anderen Ufer befand sich ein großer, hochaufragender Stein. Asterion hatte ihn bereits passiert, als er sich aus reiner Neugier noch einmal umschaute. Mit einem Ruck hielt er die Böcke an. Dieser Stein hatte etwas, was ihm bekannt vorkam, und Asterion hielt an und stieg aus dem Weidenkorb. Neben dem hohen Stein wuchs ein Strauch, und neugierig bog Asterion die Zweige auseinander, um zu sehen, was sich hinter ihnen verbarg. Der Stein war auf der nach Osten gewandten Seite bearbeitet, und Asterion lief ein kalter Schauer über den Rücken: Ein Gesicht starrte ihn an, ein deutlich gezeichneter Kopf mit einer langen Nase und tiefliegenden Augen. Er kannte dieses Gesicht. Nicht von Malet. Auf Malet hatte er steinerne Statuen der Muttergöttin gesehen, aber diese hier ähnelte denen überhaupt nicht. Einmal, vor langer Zeit, hatte er solche Bildnisse gesehen, nicht nur eins, sondern viele. Es war auf der Insel Kursnos gewesen, im Norden von der Großen Grünen, und die Erinnerung an das, was er auf Kursnos erlebt hatte, kehrte beängstigend deutlich zurück.

Er hatte eine Handelsreise nach Azila unternommen, und auf dem Rückweg nach Kaftor hatte er auf seinem Schiff einen Zinnhändler, einen Bernsteinhändler und einen Mann aus Zinnland mitgenommen. Unterwegs hatten sie bei Kursnos angelegt, wo das Hirtenvolk wohnte. Dort hatte er diese Standbilder gesehen. Das Hirtenvolk hatte sie gemacht, sie stellten ihre überwundenen Feinde, die Shardanen, dar, das gefürchtete Seevolk. Denn die Hirten glaubten, daß sie dadurch, daß sie ihre getöteten Feinde abbildeten, Macht über sie erhielten. Sie hatten die Statuen in ihrem ummauerten heiligen Dorf aufgestellt. Asterion hatte mit seinen Reisegefährten die Nacht bei den Hirten verbracht. Und noch in derselben Nacht waren sie von den Shardanen überfallen worden. Sie hatten als Sklaven für die Shardanen arbeiten müssen. Sie hatten die Bildnisse, durch die sich das Seevolk verhöhnt fühlte, niederreißen und als Baumaterial in den Turmheiligtümern verarbeiten müssen, die das Seevolk selbst in dem ummauerten, steinernen Dorf der Hirten baute.

Es war eine furchtbare Zeit gewesen. Durch einen gut ausgedachten und schnell durchgeführten Ausbruchsplan von Eri Magog, dem jungen Mann aus Zinnland, hatten sie eines Nachts entkommen können. Sie hatten es geschafft, von dieser merkwürdig duftenden, aber geheimnisvollen und gefährlichen Insel zu entkommen und Kaftor schließlich sicher zu erreichen. Eines jedenfalls wußte Asterion seit dieser Reise mit Bestimmtheit: den Shardanen wollte er nie mehr begegnen.

Jetzt, wo er das Standbild sah, das genauso aussah wie die Bildnisse im Hirtendorf auf Kursnos, hatte er das Gefühl, daß ihm die Shardanen wieder auf den Fersen waren, daß sie nicht weit fort sein konnten.

Wirre Gedanken überfielen ihn. War die Entdeckung dieser Statue auf Malet vielleicht eine Warnung vor einem drohenden Überfall durch das Seevolk? Wie kam dieses Bildnis nach Malet, wo noch nie jemand einen Shardanen gesehen hatte. Es gehörte nicht hierher. Genausowenig wie er, Asterion, hierhergehörte. War es Zufall, daß er, um den Fahrrinnen auszuweichen, einen anderen als den üblichen Nachhauseweg genommen und so das Standbild gefunden hatte? Oder bildete er sich das alles jetzt bloß ein, weil er vor einer alten Erinnerung erschrocken war? Im weiten Umkreis war kein Mensch zu sehen. Also weiter, er mußte sehen, daß er nach Hause kam.

Nach einem letzten Blick auf das unergründliche Gesicht mit der langen Nase stieg er wieder in den ramponierten Schlitten und ließ die Böcke anziehen. Aber die Unruhe blieb, und das Gefühl nahenden Unheils verschwand nicht. Als er endlich wieder im hochgelegenen Buggarag angelangt war, kletterte er auf die Mauer und sah über die Bucht und das Meer hinaus in die Ferne. Die Sonne war untergegangen, aber die Sicht war noch ziemlich gut. Weit bis zum Horizont sah das Meer ruhig und friedlich aus.

»Du bist lange weggeblieben«, sagte Sia, als er in die Hütte kam. »Und warum bist du auf die Mauer gestiegen? Ist etwas passiert?«

Er erzählte ihr von dem Standbild, das er unterwegs gesehen hatte, und von der Unruhe, die sich seither seiner bemächtigt hatte.

»Auf Malet sind doch noch nie Shardanen gewesen«, sagte Sia, die versuchte, ihre eigenen Sorgen dieses Tages zu vergessen. »Ich kann mir schon vorstellen, daß du erschrocken bist. Aber auf Malet sind wir sicher.«

Er nickte und setzte sich an den Tisch, auf dem eine Schüssel mit Suppe stand. Er dachte: Und doch wünschte ich, daß Costas nicht so weit von zu Hause wäre.

Costas hatte seine eigenen Sorgen. In aller Frühe waren sie aus Cheman abgefahren: Leander am Steuerriemen. Costas bei den Lämmern. Er hatte sie fest angebunden und wunderte sich darüber, daß diese jungen Tiere so stark waren. Widerspenstig, stark und lebhaft. Und diese Lebhaftigkeit konnte auf See gefährlich werden.

Kurz bevor sie ausliefen, kam noch eine kleine Kiste an Bord. Die Kiste beinhaltete Obsidian, roten Ocker und Feuerstein von anderen Inseln in der Großen Grünen, und war für einen Priester auf Gawl bestimmt. Er war als einziger in der Lage, eine Pilzart zu liefern, die, getrocknet, als Heilmittel für offene Wunden diente und auch bei Durchfall Genesung brachte. Dadurch, daß es lebensgefährlich war, den Schwamm zu ernten, der auf einem praktisch unerreichbaren Inselchen vor der Westküste von Gawl wuchs, war der Gegenwert besonders hoch.

»Du findest den Mann am Binnenmeer, auf Gawl kann dir jeder den Weg zeigen. Er erwartet diese Sendung und gibt dir die getrockneten Pflanzen im Tausch. Sorg dafür, daß sie trocken bleiben!« So hatte der Auftraggeber gesagt.

Leander hatte das Segel gehißt. Als er aus der tiefen Bucht heraus war, nahm er Kurs auf Nordwest. Es war ein bißchen Wind aus Südosten aufgekommen, wodurch sie relativ schnell vorankamen, wenn man berücksichtigte, daß das Boot mit dem hohen Steven tief im Wasser lag. Wenn alles klappte, konnte er Gawl bequem vor Sonnenuntergang erreichen. Er dachte daran, was der Alte am Vorabend in der Kneipe gesagt hatte, und bemühte sich, nicht zu dicht unter der Küste zu fahren und sich von scharfen Felsspitzen und kleinen Halbinseln fernzuhalten, die zwar einen wunderbaren Schutz für die Buchten, aber eine Gefahr für das Holzschiff bildeten. Die Nordostspitze von Malet war am gefährlichsten, hatte Brando gesagt. Er würde daran denken.

Auf dem Meer war es erheblich kühler als auf Malet

selbst. Um die Zeit, da die Sonne ihren höchsten Punkt erreicht hatte, kam Klein-Malet in Sicht, und schon von weitem machte Leander einen großen Bogen um die verräterischen Felsspitzen. Sie haben mir die schwierigste Fracht gegeben, dachte er. Und ich habe das Gefühl, daß dies hier auch nicht gerade das beste Boot der Flotte ist. Es war das erste Mal, daß er ganz allein die Verantwortung für ein vollbeladenes Boot trug. Costas war zwar eine große Hilfe, aber was seemännisches Geschick betraf, da konnte man natürlich nicht auf ihn zählen. Es war nur gut, daß der Eigentümer des Bootes nicht wußte, daß Leander nur wenig Erfahrung hatte.

Am Mittag wurde der Wind stärker, und Leander spürte, wie das Schiff nach Westen abgedrängt wurde. Die See wurde unruhiger. Trotzdem machte er sich keine Sorgen, denn er kam gut voran und hatte Klein-Malet schon hinter sich. Jetzt mußte er nur dafür sorgen, daß er nicht zu weit an die Ostseite von Gawl abtrieb.

Aufmerksam suchten Leanders Augen den Küstenstreifen nach Klippen und verräterischen Felsspitzen ab. Es fiel ihm auf, daß die Meeresvögel, die er während der ganzen Fahrt am Himmel gesehen hatte, verschwunden waren. Die See wurde unruhiger, und das Boot schaukelte stärker. Darauf wiederum reagierten die Lämmer.

Costas hatte alle Hände voll damit zu tun, die Tiere im Zaum zu halten.

»Ist es noch weit?«

»Ich denke nicht. Meiner Meinung nach müßten wir bald da sein.«

»Ärgerlich, daß wir das ganze Stück allein fahren mußten. Es ist doch einfacher, wenn man hinter anderen herfahren kann.«

Gerede, ausschließlich um ihre eigene Unruhe zu vertreiben. Wolken kamen auf, die in unregelmäßigen Abständen die Sonne verdeckten. Die Fahrt schien langsamer zu werden. Ein schwerer Brecher trieb das Boot von seinem Kurs ab. Verzweifelt versuchte Leander zu verhindern, daß sie zur Küste getrieben wurden. Plötzlich ertönte ein schabendes Geräusch. Kurz darauf gab es einen Stoß, als hätte etwas den Bug gestreift, und Leander hörte das Holz krachen. Mit aller Kraft zerrte er am Steuerriemen. Das Segel flatterte kurz, dann trieben sie wieder von der Küste ab.

»Wir haben etwas gestreift«, rief Leander dem Jungen zu. »Aber wir sind nicht aufgelaufen. Was kann das gewesen sein?«

»Offensichtlich nichts Besonderes. Vielleicht eine Sandbank.«

Mit schweißnassen Händen hielt Leander seinen Steuerriemen umklammert. Er rief im Geiste die Schlangengöttin um Hilfe an. Es konnte nicht mehr weit sein. Nicht kurz vor dem Ziel noch in Schwierigkeiten geraten! Durchhalten!

Wie lange quälten sie sich wohl jetzt schon so voran? Die Sonne stand bedenklich tief.

»Leander! Wir sind leckgeschlagen!«

Costas hatte es gemerkt, weil seine Füße naß wurden. Er konnte durch die dicht aneinandergedrängten Tierleiber kaum etwas sehen. In der Mitte des Bootes sickerte Wasser herein. Leander konnte seinen Steuerriemen nicht loslassen. »Versuch, das Loch zu finden. Kannst du was sehen?«

Costas schob die Tiere zur Seite, tastete den Boden ab und tatsächlich fand er den Spalt. »Es ist nicht schlimm, glaube ich«, beruhigte er Leander. »Ich kann schöpfen.« Er nahm den Wasserkrug, der nun fast leer war. Der letzte Rest Trinkwasser ging über Bord. »Wenn's nicht schlimmer wird und nicht lange dauert, schaffen wir es schon.«

Der Junge arbeitete wie besessen. Trotz des frischen Windes lief ihm schon bald der Schweiß in Strömen über den Rücken und von der Stirn. Auch wenn der Spalt klein war, konnte er das Wasser gar nicht so schnell herausschöpfen, wie es eindrang. Wenn es noch lange dauerte, wenn der Riß größer würde...

Er jammerte nicht. Er wußte, daß Leander ihm nicht helfen konnte, daß alles von ihm selbst abhing. Langsam aber sicher stieg das Wasser im Boot. Die liegenden Lämmer wurden klatschnaß. Vergeblich versuchten sie auf die Beine zu kommen. Nach einer Zeit, die ihnen wie eine Ewigkeit vorkam, näherten sie sich wieder einem kleinen Kap. In einem Bogen fuhr Leander darum herum. Dann rief er Costas zu: »Schau mal, da, auf der anderen Seite vom Kap! Das müssen die Salzgärten sein!«

Der ansteigende Küstenstreifen leuchtete im Licht der untergehenden Sonne. Davor lag ein großes Stück

Strand, aufgeteilt in rechteckige Felder, in denen es weiß aufblitzte.

Entlang der gelben Kalkfelsen waren Schiffe vertäut. Neun Schiffe! Sie hatten ihr Ziel erreicht. Sie hatten es geschafft. Sie sahen sich an. Übermut bemächtigte sich ihrer.

»Die sollen auf Malet bloß nicht denken, daß wir von Kaftor uns vor so einer kleinen Reise fürchten!« rief Costas. »Das sollen die uns erst mal nachmachen, in einem lecken Boot voller Lämmer!«

Sie legten an. Leander schlug seinem jungen Neffen auf die Schulter. »Ohne dich hätte ich das nie geschafft! Und jetzt suchen wir erst mal eine Kneipe und lassen uns vollaufen, das hast du dir verdient!«

»Wenn wir auf Malet zurück sind, rühr' ich in meinem ganzen Leben kein Schaf mehr an!« wetterte Leander am nächsten Tag. »Ich bin angeheuert worden, um dieses Mistboot zu den Salzgärten und zurück zu bringen, und nicht, um wie ein Bekloppter hinter den verfluchten Viechern herzurennen.«

Der scharfe Wind trug den Klang seiner Stimme in die falsche Richtung.

»Was sagst du?« schrie Costas.

»Ich hab' gesagt… ach, schon gut!« Mit einer ungeduldigen Geste winkte Leander ab. Obwohl es noch ziemlich warm war, trieb eine große Menge Wolken am blauen Himmel. Sobald sie die Sonne verdeckten, wurde es kühl. Der Bauer, für den die Lämmer im Tausch gegen eine ebenso große Anzahl Salzsäcke bestimmt waren, war nicht imstande gewesen, die erschreckten Tiere allein zu der für sie vorgesehenen Weide zu führen. Es hatte auf der Hand gelegen, daß Leander und Costas mithalfen. Und dann mußte das Schiff repariert werden. Was eine einfache Handelsreise hätte sein sollen, wurde eine Fahrt voller Hindernisse und unerwarteter Schwierigkeiten. Die neun anderen Schiffe der Salzflotte waren schon in aller Frühe in der Hoffnung abgefahren, noch vor dem zu erwartenden Sturm in Cheman zurück zu sein. Auch die Rückreise würden die Männer von Kaftor also allein machen müssen.

Costas lief ein Stück neben Leander her. Trotz der vielen unerwarteten Mißgeschicke hatte er gute Laune.

»Sei froh, daß wir einen Auftrag haben, Leander. Wie sollten wir sonst zu Essen und Trinken kommen und an die Kosten für die Schiffsreparatur. Jetzt bezahlt der Bauer alles, als Gegenleistung für unsere Hilfe beim Eintreiben der Schafe.«

Leander nickte. Am Abend zuvor war er übermütig gewesen durch die enorme Erleichterung darüber, daß er die Salzgärten erreicht hatte. Da schien ihm die ganze Welt als ein einziges Fest, er hatte wild drauflosgetrunken und -gegessen, und auch Costas hatte nach Kräften mitgehalten. Einen kleinen Teil von seinem persönlichen Bronzevorrat hatte Leander dafür verwenden müssen, um seine Schulden beim Gastwirt einzulösen. Aber noch immer hatte er das unangenehme Gefühl, daß alles anders lief als beabsichtigt

115

und daß ihnen noch viel mehr Unannehmlichkeiten bevorstanden.

»Wir haben jetzt Zeit für uns«, redete Costas weiter. »Es kann schließlich gut drei Tage dauern, bis das Leck repariert ist. Können wir uns nicht zuerst die Tempel ansehen und danach zum Binnenmeer gehen?«

Leander brummte etwas Unverständliches. Die kleine Kiste mit Handelsware für den Priester hatte er sich mit Riemen auf den Rücken gebunden. Sie war nicht schwer, behinderte ihn aber doch beim Gehen. Die Gegend war hügelig. In der Ferne lagen merkwürdig abgeflachte Berge, sie sahen aus, als wären ihre Spitzen durch einen gewaltigen Sturm herabgestürzt worden. Leander dachte einen Schritt weiter als der Junge. Er machte sich Sorgen über den heraufziehenden Sturm. Sie mußten schließlich noch zurück, und wieder würde er allein für Schiff und Ladung verantwortlich sein. Immerhin bestand die Ladung auf dem Rückweg aus Salz. Wenigstens keine lebende Fracht. Aber trotzdem! Bei den Salzgärten hatte sich niemand wegen des Wetterumschwungs überrascht gezeigt. »Ihr wart spät, dies Jahr«, hatten die Leute gesagt. »Oder vielleicht kommt der Sturm auch früher als sonst. Na, mit ein bißchen Glück schafft ihr es noch.« Aber das hatte sich auf die anderen Schiffer bezogen, nicht auf ihn, der nicht nur zu spät angekommen war, sondern obendrein noch mit einem lecken Schiff. Er hatte versucht, in Erfahrung zu bringen, wie lange so ein Sturm anhielt. Darauf hatte er keine eindeutige

Antwort bekommen. Es konnte Tage dauern oder länger. Das wußte man nie von vornherein. Er würde vielleicht warten müssen, denn wenn der Sturm richtig
kräftig losbrach, wagte sich kein Schiffer aufs Meer
hinaus. Leander wünschte sich im stillen, daß er sich
auf dieses Abenteuer niemals eingelassen hätte. Er war
aber doch vernünftig genug, Costas nicht die gute
Laune zu verderben.

»Ich finde das gut, so sehen wir zumindest etwas
von der Insel und von den großen Tempeln. Auf Malet
sagen sie, daß die hier die allergrößten sind und daß
sie darum Riesentempel heißen. Heee da…« Und er
rannte weg, hinter einem ausgebrochenen Lamm her.

Die beiden Tempel lagen innerhalb der Mauer dicht
beieinander. Die Außenmauern wurden von gewaltigen Kalksteinblöcken gebildet. Am Eingang lagen

Haufen runder Steine. Hohe, aufrechtstehende Steine aus weicherem, bearbeitetem Kalk bildeten den Eingang. Das Dach war von Unkraut überwuchert. Unheimlich heulte der scharfe Wind über den Vorplatz. Geheimnisvoll, ja sogar angsteinflößend lag das doppelte Heiligtum zu Füßen der beiden Männer aus Kaftor. Verbotenes Gebiet, verlassenes Terrain. Warum?

Vorsichtig ließ Leander sich von der Mauer fallen, Costas folgte ihm. Sie liefen über den Platz, der wahrscheinlich seit der Zeit, als die Alten gelebt hatten, nicht mehr von Menschen betreten worden war. Keiner von beiden sprach ein Wort. Eine Eidechse flitzte weg und verschwand in einem Spalt zwischen den schweren Mauerblöcken. Dann standen sie vor dem Eingang des größten Tempels und versuchten, in dem dunklen Raum etwas zu erkennen.

»Genau wie auf Malet«, flüsterte Leander. »Guck, links und rechts zwei halbrunde Räume, dann ein schmaler Durchgang, und dahinter liegen wieder zwei halbrunde Räume. Wenn du geradeaus durchläufst, kommst du in einen fünften halbrunden Raum.«

Costas spähte hinein. In der Finsternis konnte er nur die ersten beiden Räume rechts und links vom Eingang erkennen. »Woher weißt du das denn? Und warum flüsterst du so komisch? Es ist doch niemand hier!«

»Ich weiß es, weil alle Tempel von den Alten so gebaut sind, immer in Kleeblattform. Manchmal sind es zwei hintereinander. Ich weiß es, weil ich mit deinem Vater zusammen zwei von diesen Bauten auf Malet untersucht habe.«

»Was? Bist du etwa drin gewesen?«

Leander machte eine abweisende Gebärde, als hätte er Angst, ein Außenstehender könnte etwas hören. Er begann wieder zu flüstern. Durch den pfeifenden Wind konnte Costas ihn kaum verstehen.

»Man darf nicht hineingehen. Aber wir haben es trotzdem getan. In den Räumen standen Statuen. Wir hatten keine Fackel bei uns, aber das Sonnenlicht fiel hinein, geradewegs über den Mittelpfad, bis in den hintersten Raum. Da gab es Altäre und Nischen, auch Orakelkammern. Vielleicht gibt es die hier auch.«

»Gehen wir hinein?« fragte der Junge. Ein kalter Schauer lief ihm über den Rücken, aber seine Neugier war größer als die Angst.

Leander schüttelte den Kopf. Er dachte daran, daß er die Verantwortung trug, daß er den Jungen nicht noch mehr Gefahren aussetzen durfte.

»Nein. Du kannst ein bißchen vom Eingang aus sehen. Aber geh nicht weiter hinein. Jedenfalls nicht jetzt.«

Costas betastete den Stein. »Wie haben die das fertiggekriegt? Wie haben sie die Steine bearbeitet, wie konnten sie sie transportieren? Doch nicht mit den blöden Schleppbäumen, die sie auf Malet benutzen. Die Steine sind so entsetzlich schwer, die Leute müssen über Riesenkräfte verfügt haben.«

Er tat einen Schritt zurück und fiel beinahe über einen großen, runden Stein neben dem Eingang. Unter Einsatz all seiner Kräfte versuchte er, ihn zu bewegen. Es gelang nicht.

»Ich denke«, sagte Leander nachdenklich, »daß sie die schweren Steinblöcke mit Hilfe dieser runden Steine bewegt haben. Sie müssen sie gerollt haben, heben kann man sie schließlich nicht, nicht mal mit fünfundzwanzig Mann. Wenn man sie an einer Ecke etwas anheben könnte, indem man so einen Stamm darunterdrückt, und wenn man dann so'n runden Stein darunterschiebt, und dann noch einen und noch einen, dann bekommt man so ein Ungetüm schon von der Stelle, sollte man meinen. Wozu sollten diese runden Steinkugeln denn sonst gedient haben?«

Staub wirbelte hoch und wurde vom Wind weggeblasen, als die beiden Männer zu dem anderen Tempel liefen. Das kleine Heiligtum war genauso gebaut wie das große. Auch hier gingen sie nicht weiter als bis zum Eingang. Drinnen war es dunkel, und ein seltsamer Geruch drang heraus. Im Schutz eines schweren Eingangsportals setzten sie sich.

»Weißt du, was ich hier nicht begreife? Wir haben letzte Nacht bei diesem Bauern geschlafen, und ich habe die ganze Nacht gespürt, wie der Wind durch die Ritzen in der Wand blies. Das war die reinste Bruchbude. Warum benutzen die Bauern denn bloß nicht diese gewaltigen Tempel? Hier drinnen bleibt man von Wind und Wetter verschont. Das ist doch idiotisch, so etwas zur Verfügung zu haben und es dann nicht zu benutzen.«

»Das sollte uns wohl eine Warnung sein. Die Bewohner dieser Inseln haben eine heilige Scheu vor den Tempeln. Niemand weiß, wozu sie gedient haben. Wir glauben zwar, zur Anbetung der Muttergöttin, aber richtig wissen tun wir es natürlich nicht. Wenn sie es schon nicht wagen, die Tempel zu betreten, sollten wir es bestimmt besser auch nicht tun.«

Costas hing weiter seinen eigenen Gedanken nach: »Und wenn man dann bedenkt, daß sie früher, vor so langer Zeit, nicht mal Bronzewerkzeug hatten. Damals hatten sie nur Stein und Holz und, wenn sie Glück hatten, Glaslava, aber die mußten sie sich schon von Sicania besorgen, denn die gibt es hier nicht. Wie haben die das nur fertiggebracht, diese Steinblöcke aus dem Berg zu hauen!«

»Im großen Tempel der aufrechtstehenden alten Steine auf Malet hatten sie sogar einen viereckigen Altar gemacht, eine Art eckige Säule, wo auf allen vier Seiten Abbildungen von Pflanzen eingekerbt waren. Und Asterion hat eine Statuette von der Muttergöttin in den Händen gehalten. Es gibt auch Steine, in die prächtige Tierfiguren geschnitten sind, etwa Schafe oder Ziegen, Schweine. Zu den Tempeln im Wald, wo die Gräber der Toten von Malet liegen, darf man wohl hingehen, aber es ist nicht erlaubt, sie zu betreten. Die abgebildeten Tiere sind Opfertiere, die der Göttin dargebracht wurden. Auch heute noch bringen die Bewohner von Malet der Muttergöttin Tieropfer dar. Aber warum? Bei uns in Knossos wurden der Muttergöttin doch nie Tieropfer dargebracht!«

Plötzlich stand Leander auf. »Ich werde dir mal was sagen«, sagte er, »es gefällt mir hier absolut nicht. Du hast sie jetzt gesehen, die berühmten Tempel von

Gawl. Jetzt gehen wir, bevor wir noch in Schwierigkeiten geraten.«

Widerwillig kletterte Costas hinter seinem Onkel wieder über die große Mauer und ließ sich auf der anderen Seite ins Gestrüpp fallen.

Von den Tempeln bis zum Binnenmeer war es für Männer, die an die Entfernungen auf Kaftor gewöhnt waren, keine anstrengende Reise. Gegen Abend erreichten sie nach einem Fußmarsch über buschbewachsene Hügelketten die Westküste der Insel.

Donnernd brandeten die Wellen gegen die gewaltigen Klippen. Im Licht der tiefstehenden Sonne war das Meer dunkelblau. In einem herausragenden Felsmassiv befand sich eine viereckige Öffnung, wie von einer Riesenhand herausgehauen, durch die man bis zur nächsten Bucht sehen konnte.

»Das Blaue Fenster«, sagte Leander.

Vom Meer aus bildete dieses merkwürdige Loch das Erkennungszeichen für den Beginn eines ausgeschliffenen Tunnels, der unter dem Massiv durch zu einem gewaltigen, halbrunden Becken führte, dem sogenannten Binnenmeer. Von oben gesehen war es ein seltsamer Gegensatz: auf der einen Seite die gewaltigen heranrollenden Wogen, die donnernd am Felsmassiv zerschellten, auf der anderen Seite des Tunnels das ruhige Wasser, das durch die Felsen geschützt wurde. Leander und Costas suchten nach einer Hütte oder Höhle, in der sie Kilikan, den Priester, finden konnten, aber weit und breit war nirgendwo eine Siedlung zu sehen. Man hatte ihnen gesagt, daß der Mann an einem sehr abgelegenen Platz lebte, in der Nähe des sogenannten Schwammfelsens. So wurde ein Fels genannt, der hoch aus dem Meer aufragte. Auf ihm wuchsen angeblich die heilkräftigen Schwämme, und es hieß, daß nur der Priester wußte, wie man sie von dem unzugänglichen Fels holen konnte. Der heulende Wind zerrte an der Kleidung der Männer. Es war gefährlich hier oben auf den Felsen. Jeden Augenblick konnte ein Windstoß einen von beiden das Gleichgewicht verlieren lassen. Leander hielt Costas fest. »Los, weg hier, wir werden noch ins Meer geblasen. Diesen Schwammfels können wir uns später noch angucken. Erst müssen wir die Hütte des Priesters finden.«

Gegen den Wind kämpfend suchten sie den Rand des Binnenmeeres ab. Sie mußten sehr vorsichtig sein, um nicht in einer der zahlreichen Felsspalten auszurutschen. Erleichtert atmeten sie auf, als sie schließlich eine Hütte entdeckten, die in einen Fels hineingebaut war. Jetzt hatten sie ihr Ziel erreicht, und sie hofften auf einen gastlichen Empfang und gutes Essen. Kilikan erwartete die Handelsware, sie würden die Nacht sicherlich bei ihm verbringen können.

Schließlich hatten sie die Hütte erreicht. Sie fanden es seltsam, daß der Priester ihnen nicht entgegenkam. Trotz des heulenden Windes mußte er sie doch gehört haben. Aber der Eingang der Hütte blieb geschlossen, und Costas und Leander begannen laut zu rufen. »Ist da jemand?«

Ihre Stimmen wurden vom Wind fortgetragen.

Allmählich wurden die beiden unruhig. Womöglich war der Priester gar nicht zu Hause. Oder lebte er etwa nicht mehr hier? Waren sie überhaupt bei der richtigen Hütte? Sie erwogen, ob er vielleicht zum Schwammfels gegangen war, um neue Schwämme zu holen. Aber das war bei diesem Wetter doch unmöglich. Selbst bei Windstille waren die Felsen für einen normalen Menschen unbezwingbar. Und auch ein hervorragender Kletterer hatte bei diesem Wetter keine Chance. Als sie eine Weile vor der Hütte gewartet hatten, stieß Leander schließlich die Tür auf. Drinnen war es finster, und es dauerte eine kleine Weile, bis Costas und Leander ihre Augen an die Dunkelheit gewöhnt hatten. Als sie schließlich begriffen, was hier vor sich ging, stockte ihnen der Atem.

Die Hütte war schmal und tief. Darin stand ein Tisch mit einem Schemel. Hinten gab es ein Bett mit ein paar Decken. An der Decke hingen Pflanzen zum Trocknen, die einen seltsamen Duft verströmten, und an den Wänden entlang standen verschiedene, große Krüge. Das alles nahmen sie schnell unbewußt in sich auf, aber da war noch mehr. Fünf Männer standen in der Hütte, vier davon sahen wie Krieger aus. Sie waren hochgewachsen, größer als der fünfte Mann, der zweifelsohne Kilikan, der Priester, war. Sie trugen eigenartige Helme mit Rinderhörnern, außerdem Lederharnische und Säbelriemen. Einer der Männer hielt sein riesiges Schwert schlagbereit in der rechten Hand. Keiner von ihnen allen sprach ein Wort.

Es war nicht viel Phantasie nötig, um zu erkennen, was hier los war. Kilikan war in seiner Hütte überfallen worden, kurz bevor Leander und Costas das Binnenmeer erreicht hatten. Leander erinnerte sich daran, was Asterion über eine seiner letzten Reisen erzählt hatte. Er hatte solche Männer beschrieben, er hatte sie Shardanen genannt. Sie gehörten zu den Seevölkern, und sie waren sehr gefährlich.

Unvermittelt wandte sich Leander zum Eingang, aber die zwei Männer mit den Helmen versperrten ihm den Weg und packten ihn und Costas. Leander versuchte sich loszureißen, aber das Bündel auf seinem Rücken behinderte ihn. Der Gedanke an eine Flucht war zwecklos.

Zusammen mit dem Priester vom Binnenmeer waren Costas und Leander in die Hände gefährlicher Seeräuber gefallen.

Ein Doppelbeil für Malet

Die Schiffer der Salzflotte feierten in der Kneipe in Cheman ihre sichere Heimkehr. Es gab Grund zur Zufriedenheit. Kurz bevor der Sturm losbrach, waren sie eingelaufen, alle bis auf einen.

»Wo sind die Männer von Kaftor geblieben? Ist ihnen unterwegs etwas passiert?«

»Ja. Sie sind zu spät in Gawl eingefahren und waren

außerdem leckgeschlagen. Sie müssen warten, bis das Schiff repariert ist. Ich denke, daß sie so lange auf Gawl bleiben werden.«

Das klang nicht beunruhigend. Die beiden hatten Pech gehabt, aber dadurch war noch nichts verloren.

Alle Schiffer und ihre Helfer waren in Salz ausbezahlt worden, und sie tranken Unmengen Bier und Wein. Es war schon spät am Abend, als der alte Brando hereinkam. Niemand schenkte ihm besondere Beachtung. Wie immer schob er sich nach hinten in sein Eckchen und bestellte seinen Wein. Dem Wirt fiel auf, daß er besorgt aussah. »Warum schaust du so ernst? Du bist doch auch noch gut vor dem Sturm heimgekommen. Da hast du doch allen Grund zur Zufriedenheit.«

Der Alte beugte sich ein wenig vor, um sicherzugehen, daß nur der Wirt ihn verstehen konnte. »Ich bin weit weg gewesen, und ich hab' was gesehen, was mir überhaupt nicht gefällt.«

Der Wirt stützte sich mit den Ellbogen auf den Tisch. Er war schon fast darauf vorbereitet, daß Brando ihm wieder eine von seinen phantastischen Geschichten auftischen würde. Und sei es nur, um die Aufmerksamkeit auf sich zu lenken. Aber er erschrak gründlich, als der Alte weiterredete: »Purpurne Segel waren am Horizont, ich hab' sie deutlich gesehen. Und um nicht in ihre Nähe zu geraten, bin ich sofort wieder zurückgesegelt. Offenbar haben sie mein Boot nicht bemerkt, denn niemand ist mir hinterhergefahren.« Es lag etwas in Brandos Haltung, das seinen Worten Überzeugungskraft verlieh. Balis sah, daß der Alte diesmal nicht einfach nur ein bißchen Aufmerksamkeit brauchte, sondern daß er wirklich erschrocken war und daß er Angst hatte, Todesangst.

»Auf welcher Höhe war das? Wo hast du die purpurnen Segel gesehen, und wie viele waren es?«

»Ich war auf dem Weg nach Pantellaria, um Obsidian zu holen. Aber ich bin nicht so weit gekommen. Sobald ich die Segel gesehen hab', bin ich natürlich umgekehrt.«

»Wie viele waren es?«

»Ich hab' sechsundzwanzig gezählt. Vielleicht waren es noch mehr. Aus der Entfernung war das schwer zu sehen, und ich habe nicht gewagt, näher heranzufahren. Mein Boot ist schnell, aber ihre Boote sind schneller, da kannst du Gift drauf nehmen. Ich hab' Glück gehabt, daß sie mich nicht bemerkt haben.«

»He, Männer«, die Stimme des Wirts durchbrach das Stimmengewirr in der Kneipe, »Brando hat eine wichtige Mitteilung zu machen, hört mal her!«

»Das kann gut sein«, rief ein junger Kerl, der sich kaum noch auf den Beinen halten konnte, »sicher hat er Elefanten gesehen, oder ist er vielleicht von einem Flußpferd angefallen worden?« Er schwenkte seinen Becher und lachte schallend über seine eigenen Worte.

»Halt die Klappe!« rief Balis. »Hier gibt's nichts zu lachen. Brando hat purpurne Segel gesehen, sechsundzwanzig, ich brauche euch doch nicht zu sagen, was das bedeutet?«

Stille senkte sich. Jemand versuchte noch, die Bedrohung mit einem Lachen vom Tisch zu fegen:

»Brando sieht so oft Gespenster!« Aber ein kräftiger Kerl mit schwarzem Bart und muskulösen Armen drückte den Mann auf seinen Schemel zurück. Er tat ein paar Schritte in Brandos Richtung und sprach laut aus, woran alle Schiffer sofort dachten, wenn sie von purpurnen Segeln reden hörten: »Shardanen... Seeräuber in unserer Gegend. Wir müssen Alarm schlagen.«

Es gibt nichts, was eine Gruppe Betrunkener schneller ernüchtern kann, als die plötzliche Nachricht von einer großen Gefahr.

Die Rags auf Malet lagen weit auseinander, und dadurch blieb ihr Kontakt untereinander begrenzt. Aber das Alarmsystem arbeitete ausgezeichnet. Noch am selben Abend schwärmten Läufer zu den weit verstreuten Siedlungen aus, um ihnen mitzuteilen, daß jeder Rag selber Maßnahmen ergreifen und Wächter aufstellen mußte. Auch in Buggarag bei der Höhle der Finsternis wurde Alarm geschlagen. Die Männer trafen sich in Manolis' Wohnung und verteilten die Aufgaben. Es mußte ständig ein Wächter auf der Mauer stehen, der die Umgebung im Auge behielt und vor allem darauf achtete, was auf dem Meer vor sich ging. Frauen und Kinder durften Buggarag bis auf weiteres nicht verlassen. Das Vieh wurde auf einer Weide zusammengetrieben, und zwar in Sichtweite, damit man es beim ersten Anzeichen einer Gefahr in den Schutz der Mauer bringen konnte.

Asterion machte sich ernstlich Sorgen um seinen Sohn. »Ich hab' es gespürt, daß etwas schiefgehen würde, als ich den steinernen Shardanen entdeckt hab'«, sagte er zu der nervösen Sia, »es war wie ein Zeichen, eine Warnung. Was ist bloß mit Costas passiert?«

Sia hatte größte Mühe, ihre Angst zu bezwingen. Immer wenn sie sich allein wähnte, tasteten ihre Finger nach dem goldenen Amulett. Dann sagte sie zur Schlangengöttin: »Hilf deinen Kindern, laß sie nicht im Stich!« Aber es kam keine Antwort, kein Zeichen, das ihr etwas Trost gebracht hätte.

Als sie, wie schon so viele Male, vor dem Altar stand, um ihre Gedanken auszusprechen, hörte sie eine Kinderstimme hinter sich: »Du mußt nicht die Schlangengöttin anrufen, die kann hier nichts machen. Du mußt die Große Mutter von Malet um Hilfe bitten.«

Sia drehte sich erschrocken um. Sie hatte Bela nicht hereinkommen hören. Langsam drangen die schlichten Worte des Kindes zu ihr durch. Aus ihnen war deutlich zu erkennen, daß die Kinder viel mehr als die Eltern in die Lebensgemeinschaft von Malet aufgenommen worden waren. Sie handelten wie Kinder von Malet, sie dachten sogar wie Kinder von Malet. Auch wenn es Sia einen Augenblick schmerzte – treu, wie sie in ihrem Herzen dem alten Heimatland war –, ihr nüchternes Realitätsgefühl sagte ihr, daß das Kind hierin durchaus recht haben konnte. Bela merkte, daß ihre Mutter zögerte. »Wirklich«, drängte sie sie, »du mußt es so machen, wie die Menschen von Malet. Das hier ist das Reich von der Großen Mutter, nur sie kann dir helfen. Aber dann mußt du auch tun, was die Menschen von Malet tun. Du mußt der Göttin ein Opfer bringen, ihr etwas geben, das dir sehr lieb ist.«

»Die Bauern opfern ihr Vieh«, sagte Sia nachdenklich. »Meinst du, daß auch wir unser Vieh für die Große Mutter schlachten müssen?«

»Mag sein. Aber vielleicht ist es besser, wenn du etwas opferst, das dir sehr lieb ist. Das mußt du dann zu dem großen Tempel bei der Gräberstätte bringen.«

»Aber du weißt doch, daß Frauen und Kinder nicht aus Buggarag hinausdürfen. Das ist viel zu gefährlich. Die Seeräuber könnten irgendwo in einer versteckten Bucht an Land gegangen sein, und du weißt, daß sie Menschen für den Sklavenmarkt rauben.«

»Du mußt ja auch nicht allein gehen. Morgen zieht eine kleine Gruppe von Frauen mit drei bewaffneten Männern zum großen Tempel. Du kannst mit ihnen gehen und auch dein Opfer bringen, genau wie sie.«

Sia strich ihrer Tochter über den Kopf. »Du bist so groß geworden«, sagte sie. Es schien, als paßte diese Bemerkung gar nicht, sie fügte sich aber vollkommen in den Gedankengang der Frau aus Kaftor. Sia hatte mit ihrer Familie soviel durchgemacht. Sie hatte die Kinder gelehrt, sich an die neue Umgebung und an die Bevölkerung von Malet anzupassen und nicht über das ungewohnt harte Leben zu klagen. Jetzt mußte sie von ihrem eigenen Kind hören, daß sie nicht gut daran tat, in Zeiten der Not die Göttin von Kaftor statt die von Malet anzurufen, und das blieb nicht ohne Wirkung.

»Morgen geh’ ich mit zum Tempel!« sagte Sia, und sie wußte auch schon, welches Opfer sie bringen würde.

Mit einer gewissen Unruhe sah Asterion Sia am nächsten Morgen fortgehen. Obwohl er selbst keinen Anstoß erregte und immer der anderen Lebensweise der Menschen auf Malet Rechnung trug, hatte er sich nie ganz eins mit ihnen gefühlt. Noch immer gab es einen deutlichen Unterschied zwischen seiner Lebens- und Denkweise und der der Bewohner von Buggarag. An der Verehrung der Großen Mutter und dem damit verbundenen Opferdienst hatte er niemals teilgenommen.

Asterion hatte nicht protestiert, als Sia ihm klarmachte, daß sie mit den anderen mitgehen wollte, um der Großen Mutter ein Opfer zu bringen. Er hatte nicht einmal protestiert, als sie ihm sagte, daß sie ging, ihren liebsten Besitz zu opfern. Vielleicht hatte sie recht. Es war wohl nicht genug, sich nur unauffällig zu verhalten und keinen Anstoß zu erregen.

Sia sah das Heiligtum mit dem riesigen Göttinnenstandbild zum zweitenmal. Sie gab sich große Mühe, alles genauso zu machen wie Lo und die anderen Frauen, die alle große Geschenke für die Muttergöttin mitgenommen hatten: ein paar Schafe, Bronzegeräte, Weinkrüge, Rauchopfer. Lo opferte einen blauen Steinbrocken, der sehr kostbar war. Solche Steine wurden gemahlen, um Farbstoff daraus zu machen. Manolis hatte den Stein von einer seiner letzten Reisen mitgebracht. Es war ein großes Opfer.

Auf dem Weg von Buggarag zum Heiligtum hatte Lo sich gefragt, was die Frau von Kaftor wohl opfern würde. Höflichkeit hielt sie ab, danach zu fragen, denn sie sah, daß Sia nichts bei sich trug, keinen Korb, kein Kistchen, keinen Krug. Es war ziemlich anstrengend für Lo, ihre Neugier im Zaum zu halten und keine Fragen zu stellen.

Auf dem Platz vor dem Tempeleingang war bereits eine große Gruppe Menschen zusammengeströmt, als die Abgesandten aus Buggarag ankamen. Im rechten Saal des ersten Tempels, da, wo das große Standbild stand, bereiteten die Priester die Festlichkeiten vor. Die Menge durfte das Heiligtum nicht betreten und folgte dem Gottesdienst draußen auf dem Vorplatz, unter den alten Bäumen.

Aus dem Saal, in dem die Große Mutter stand, dem einzigen Raum im Tempel, der – allerdings auch nur von den Priestern – betreten werden durfte, strömte der Duft aromatischer Kräuter nach draußen. Der Geruch war nicht unangenehm, hatte aber auf Sia eine betäubende Wirkung. Sie fühlte, wie ihr ein bißchen schwindelig wurde. Als sie an der Reihe war, an dem Priester im Tempeleingang vorbeizugehen, um ihr Opfer abzuliefern, schaute sie voller Ehrfurcht zu dem gewaltigen Bildnis auf, das vom Eingang aus zu sehen war. Sia war davon so beeindruckt, daß sie den Verzierungen an den schweren Steinbalken im Tempelinnern kaum Beachtung schenkte: die Reihen der Tierfiguren, Schafe und Ziegen, ein Schwein, ein Widder, die steinernen Bänke mit Spiralmotiven. Ihre Augen blieben fest auf die Füße der Göttin gerichtet, die so seltsam klein und zierlich waren im Verhältnis zu ihrem riesigen Körper.

Erst als der Priester schon die Hand ausstreckte, um ihr Opfer in Empfang zu nehmen, zog Sia das lederne Halsband unter ihrer Jacke hervor. Etwas Schimmerndes hing daran, und es funkelte kurz hell auf, als es von einem Sonnenstrahl getroffen wurde, der eben durch die Wolken brach. Neben Sia stand Lo. Ihre Augen wurden groß vor Verwunderung. Sie sah, wie der Priester den Gegenstand aufmerksam betrachtete, ihn betastete, daran roch und mit seinen Schneidezähnen kurz darauf biß, wie er Sia zunickte und sich dann umdrehte, um das Opfer der Göttin zu Füßen zu legen.

Als jeder ein Opfer ausgehändigt hatte, begann der Oberpriester Gebete zu murmeln, die Sia kaum verstand: Gebete um Hilfe in Notzeiten, Beschwörungen gegen unbekannte Gefahren, die die Bevölkerung von Malet bedrohten. Die Beschwörungsformeln waren den Menschen von Malet vertraut, das feierliche Benehmen der Priester hatte für sie kein Geheimnis. Nur Sia verstand nichts davon. Ängstlich blieb sie nahe bei Lo, machte alles genau wie ihre Nachbarin, und auch wenn sie nichts von dem begriff, was um sie herum passierte, so war sie doch im tiefsten Herzensgrunde davon überzeugt, daß sie gut daran getan hatte, sich der Gnade der Großen Mutter zu unterwerfen.

Über dem Heiligtum bogen sich die Baumkronen im Sturm. Pfeifend heulte der Wind an den gewaltigen Steinbauwerken entlang. Es klang wie Begleitmusik zu den monotonen Beschwörungsgesängen der Priester.

Schließlich trat der Oberpriester wieder nach draußen. Im Tempeleingang blieb er stehen und stimmte den mehrstimmigen Gesang an, der auch für Sia zu verstehen war.

»Große Mutter von Malet«, sang der Oberpriester, »beschützt Euer Volk gegen die Gefahren, die es bedrohen.« Die Menge sang es nach: »Große Mutter von Malet, beschützt Euer Volk!«

Alles in allem dauerte die Zeremonie nicht lange. Immer mehr Menschen aus anderen Teilen Malets waren hinzugekommen und warteten geduldig darauf, daß sie an die Reihe kamen, um ihr Opfer zu bringen. Schließlich hob der Oberpriester im Tempeleingang die Arme, und Stille senkte sich über den Platz. Das weiße Haar des alten Mannes flatterte im Wind, als er seine letzte Botschaft überbrachte: »Geht alle nach Hause zurück. Verteidigt Malet gegen den Feind, wenn er angreift, und vertraut auf die Große Mutter.«

Die kleine Gruppe der Abgesandten aus Buggarag löste sich aus der Menge und wanderte zurück zur Siedlung.

Kaum hatten sie die Hälfte des Weges hinter sich, da konnte Lo nicht mehr an sich halten: »Sia«, fragte sie, »was hast du denn der Großen Mutter geopfert?«

Ohne erkennen zu lassen, wie schwer ihr das Opfer gefallen war, antwortete Sia: »Ich habe das goldene Doppelbeil geopfert, das heilige Zeichen von Kaftor, das den Träger gegen Unheil beschützt. Es war das einzige, was ich noch aus der alten Heimat gerettet hatte. Meinst du, die Große Mutter von Malet wird damit zufrieden sein?«

Obgleich Lo das goldene Schmuckstück, das Sia nie

offen getragen hatte, nicht kannte, begriff sie, daß es für die Frau von Kaftor von außerordentlichem Wert gewesen sein mußte. Mehr noch, als der blaue Stein für sie und Manolis. Sie fühlte sich auf einmal merkwürdig verbunden mit Sia, als wären sie Schwestern, und sie sagte: »Oh, sicher, Sia. Du bist jetzt wirklich eine von uns. Die Große Mutter wird Costas beschützen.«

Wie eine Mutter immer eine andere versteht, begriff Lo, daß Sia ihr großes Opfer nur dargebracht hatte, um ihr Kind dem Schutz der Göttin anzuempfehlen.

Der Sturm war zum Orkan angeschwollen. Die Männer hielten im Windschatten der Mauer Wache und hatten Mühe aufrecht zu stehen. Unten in der Bucht schienen die aufgepeitschten Wogen die Küste unentwegt anzugreifen. Kleinere Bauten am Wasser wurden verschlungen. Donnernd brandeten die haushohen Wellen auf die flache Südostküste von Malet.

Nach Luft schnappend stolperte der abgelöste Wächter bei Asterion herein.

»Es ist nicht anzunehmen, daß die Shardanen bei diesem Wetter auf See sind. Ich denke, daß von dieser Seite jetzt keine Gefahr zu erwarten ist.«

»Nein. Aber man weiß schließlich nicht, ob sie irgendwo an Land gegangen sind, noch ehe das Unwetter losbrach. Sie könnten in einer Felsspalte versteckt sitzen und uns, gerade wenn wir am wenigsten darauf vorbereitet sind, in den Rücken fallen.«

»Möglich, aber nicht wahrscheinlich. Aber sie könnten wohl auf Gawl sitzen, oder auf Klein-Malet.

Brando, der alte Fischer aus Cheman, hat sie schließlich in der Gegend von Pantellaria gesehen. Er war auf dem Weg dahin, um Obsidian zu holen. Wenn er es noch geschafft hat, nach Malet zurückzukommen, können auch die Shardanen leicht Gawl oder sogar Malet erreicht haben.«

Zu spät begriff er, daß er das in Asterions Haus besser nicht gesagt hätte. Um seine Ungeschicklichkeit wieder gutzumachen, sagte er: »Wir haben hier auf jeden Fall genügend Waffen. Jeder Mann ein Bronzeschwert und einen Bronzedolch. Und dann haben wir ja auch die Schleudersteine. Damit können wir uns schon aus einiger Entfernung wehren.«

»Ich bin ein Seemann, ein Händler, kein Krieger.«

»Wenn Not am Mann ist, wirst du kämpfen müssen. Aber hier oben auf unserem Hügel sind wir ziemlich sicher.«

Ein schwerer Windstoß fegte über die Mauer, so daß der Kalk zu rieseln begann. Die Pinien auf dem Abhang über der Höhle der Finsternis bogen sich im Orkan.

Die Shardanen hatten mit ihrem Boot im Windschatten des schmalen Tunnels von Gawl Schutz gegen den aufkommenden Sturm gesucht. Woher sollten sie wissen, daß dort an dem Binnenmeer Kilikan, der Priester, wohnte? Durch diese Entdeckung waren sie aus dem Konzept gebracht worden, und sie beschlossen, ihn gefangenzunehmen, ehe er ihre Anwesenheit auf der Insel verraten konnte. Aber kaum hatten sie ihren Plan ausgeführt, da erschienen zwei weitere Männer, die sie gefangennehmen mußten.

Was anfangs wie ein sicheres Versteck gewirkt hatte, schien ein Gebiet zu sein, in das regelmäßig Menschen kamen. Die Männer des Schiffs, das von der großen Shardanenflotte abgekommen war, begannen, sich unbehaglich zu fühlen. Nachdem sie Leander, Costas und Kilikan an Bord ihres Schiffs gebracht hatten, berieten sie, was zu tun sei. Sie unterhielten sich in normaler Lautstärke, denn die Gefangenen konnten sie ja doch nicht verstehen.

Die Shardanen waren sehr jung, und sie faßten einen Entschluß, der ihren erfahreneren Kameraden nie in den Sinn gekommen wäre. Sie beschlossen, die relative Sicherheit des Tunnels aufzugeben, um zu versuchen, ihre Flotte doch noch zu erreichen, die sie nicht allzuweit entfernt wähnten. Das war ein Irrtum.

Die Gefangenen begriffen überhaupt nicht, was um sie her passierte. Obschon sie sich durch die Art, wie sie gefesselt waren, kaum rühren konnten, konnten sie doch miteinander sprechen. Auch für sie galt, daß der Feind sie nicht verstehen konnte.

»Die bringen uns um«, meinte Leander. »Das ist eindeutig ein Schiff, das hier zufällig reingefahren ist, um Schutz zu suchen. Mit uns hatten die nicht gerechnet, das ist klar.«

Kilikan schloß sich ihm nicht an. »Nach dem, was ich von dem Seevolk weiß, werden die eine einmal gemachte Beute nicht einfach so vernichten. Dafür sind wir auf dem Sklavenmarkt zuviel wert.«

Costas schwieg. Weder das von Leander noch das von dem Priester in Aussicht gestellte Los gab ihm Hoffnung.

»Es bleibt uns nichts anderes übrig, als abzuwarten. Wenn wir am Leben bleiben, kommt vielleicht einmal ein Augenblick, in dem wir entkommen können.«

Sinnloser Optimismus, fand Leander, aber um Costas' Willen widersprach er Kilikan nicht.

Die Nacht dauerte endlos. Die unbequeme Haltung auf dem Boden des schaukelnden Schiffs gestattete keinem der Gefangenen auch nur eine Minute Schlaf. Bei Tagesanbruch schien der heulende Wind etwas nachzulassen. Da kam plötzlich Betriebsamkeit auf. Stimmen schrien durcheinander, die Taue, mit denen das Boot festgemacht war, wurden eingeholt, und zum grenzenlosen Erstaunen der drei Gefangenen steuerten die Shardanen ihr Schiff im Dämmer des anbrechenden Tages aus dem Tunnel in die offene See hinaus! Als sie aus dem Windschatten der Felsen heraus waren, bekam die Mannschaft alle Hände voll zu tun.

»Das heißt, daß wir absaufen«, brummte Leander. »Die können uns genausogut gleich über Bord schmeißen.« Aber er hatte sich geirrt. Die Shardanen schnitten ihnen die Fesseln auf, drückten jedem einen hölzernen Becher in die Hand und bedeuteten ihnen, daß sie schöpfen sollten.

Obwohl Leander kein erfahrener Seemann war, wußte er, daß ihre Feinde mit dem Leben spielten. Jeder normale Mensch würde begreifen, daß man bei Sturm versuchen mußte, eine geschützte Stelle zu finden, um dort das Ende des Sturms abzuwarten. Aber der Sturm hatte seinen Höhepunkt noch nicht erreicht, und die jungen Shardanen glaubten, daß sie ihm noch entkommen könnten.

Der Wind, der sich im Laufe der Nacht etwas gelegt hatte, nahm im Laufe des Tages wieder zu. Am Horizont war kein Segel zu sehen. Riesige graue Wellenberge verdeckten zum Teil die Sicht. Obwohl die Gefangenen bis zur totalen Ermüdung Wasser schöpften, konnten sie das Wasser nicht annähernd so schnell wieder hinausgießen, wie es ins Schiff drang. Der Zustand wurde kritisch. Zur Küste zurückzufahren barg die Gefahr, auf den Felsen mit zerschmettert zu werden, weiter aufs Meer hinauszufahren bedeutete aller Wahrscheinlichkeit nach Schiffbruch. Der Sturm kam aus Nordwesten und trieb das Schiff unerbittlich nach Südosten. In erstaunlich kurzer Zeit sahen die Männer an Backbord die Felsenküste von Südmalet vor sich aufragen. Steil stiegen die hohen Klippen aus dem Meer auf. Leanders Meinung nach fuhr der Mann am Steuerriemen viel zu dicht unter der Küste. Aber trotz der Tatsache, daß sie ständig in Lebensgefahr schwebten, schien es, als ob er damit ein bestimmtes Ziel verfolgte. Jedesmal, wenn die Gefangenen fürchteten, ihr letztes Stündlein hätte geschlagen, verstanden es die Männer an den Riemen, das Schiff im Gleichgewicht zu halten. Salzwasser brannte ihnen in den Augen, bildete eine Kruste auf ihrer Haut.

In dem Augenblick, da Leander die Umrisse des Tempels der Aussicht erkannte, der sich hoch auf den gelben Klippen gegen den grauen Himmel abhob, meinte er zu begreifen, daß der Schiffer diese Küste kannte, daß er nach der einzigen Stelle suchte, wo er Schutz würde finden können: in der Blauen Grotte.

Leander wußte, daß sie sich in Lebensgefahr befanden. Aber er hatte auch von dem phantastischen seemännischen Geschick des Seevolks gehört. Würde es dem verwegenen Schiffer gelingen, den Bug seines Schiffs vor die Grotte zu steuern, ohne zu kentern, ohne Schiffbruch zu erleiden? Der Gedanke an Flucht war verdrängt worden von der alles beherrschenden Angst, zu ertrinken. Die Gefangenen schöpften mit aller Kraft und erwarteten jeden Augenblick den Schlag, mit dem das Schiff auf den Felsen auflaufen mußte. Es kam kein Schlag. Es kam ein Augenblick, da eine gewaltige Woge das Schiff hoch aus dem Wasser hob. Der Shardane am Steuerriemen brüllte einen Befehl, und von einer Sekunde auf die andere lag das Boot in ruhigerem Wasser, als wäre es dort von einer Riesenhand niedergesetzt worden. Schwindlig von dem plötzlichen Wechsel wischten sich die drei Gefangenen das Salzwasser aus den Augen. Noch ehe sie sich darauf besinnen konnten, daß dies vielleicht der geeignete Moment zur Flucht war, hatten die Shardanen schon wieder ihre Bronzedolche in den Händen. Während der Schiffer sein Boot unter Kontrolle hielt, wurden die Gefangenen von den anderen wieder gefesselt. Der günstige Augenblick war vorbei. Sie hatten zu lange gewartet.

»Wer da?« Der Wächter auf der Mauer hatte trotz des rasenden Orkans in der Dunkelheit einen Mann den Pfad entlangkommen sehen, der durch den Wald von Senarag nach Buggarag führte. Der Wächter zückte den Dolch und ging auf den Fremden zu, der unsicher hin und her schwankte, als ob er sich kaum noch auf den Beinen halten könnte. Noch ehe der Wächter ihn erreicht hatte, strauchelte der Mann über einen Stein und fiel vornüber. Er hatte sich unter Anspannung all seiner Kräfte so lange auf den Beinen zu halten gewußt, mit dem Ziel vor Augen, stürzte er zu Boden. »Alarm!« keuchte er. »Ein Überfall!«

Unruhig sah sich der Wächter um. Er sah nur hin und her peitschende Zweige, und auf dem Meer draußen die tosenden Wogen. Er überlegte kurz, ob er seinen Posten wohl verlassen konnte, aber dann schlang er den Arm um den ermatteten Fremden und brachte ihn zum Haus von Manolis. Dort überbrachte der Kurier seine Botschaft.

»Die Männer von den Purpursegeln sind gelandet, sie haben in der Blauen Grotte Schutz gesucht und sitzen nun im Heiligtum der Aussicht.«

»Mit wie vielen Schiffen sind sie gekommen? Wie viele sind es?«

»Ich weiß es nicht. Ich hab' sie selbst nicht gesehen.«

Lo holte einen Becher Wasser, und der Überbringer der Unheilskunde fuhr stockend in seinem Bericht fort.

»Ein Bauer, der nicht weit von der Blauen Grotte wohnt, wollte ein Schaf hereinholen. Das Tier war zu dicht an den Klippenrand geraten. Er hatte Angst, daß es bei dem Sturm herunterstürzen würde. Gerade als er das Tier erwischt hatte, sah er ein Boot. Er wollte seinen Augen nicht trauen. Wer wagt sich bei solch einem Sturm aufs Meer? Das Boot fuhr gefährlich dicht unter der Küste. Aber einen Augenblick später sah er nichts mehr. Dann sah er über den Klippenrand hinaus, in der Erwartung, daß das Boot zerschmettert worden war. Aber er konnte nichts mehr erkennen. Er hat dann sein Schaf zurückgebracht. Aber der Gedanke an das Boot ließ ihn nicht ruhen. Er wollte sehen, was mit der Besatzung passiert war, und ging zum Klippenrand zurück. Von dem Boot war keine Spur mehr zu erkennen, aber auf dem Pfad zum Tempel der Aussicht sah er Männer. Es waren vielleicht sechs oder sieben. Er konnte sie durch das Gestrüpp nicht genau erkennen, und er wagte sich auch nicht näher heran. Es können keine Menschen von Malet sein. Es müssen Fremde sein, niemand von uns wagt sich schließlich in die Heiligtümer.«

Es dauerte einen Augenblick, ehe die anderen die Bedeutung dieser Worte begriffen.

»Der Bauer hat in Senarag Alarm geschlagen. Und weil ich am schnellsten laufen kann, haben sie mich ausgesandt, Buggarag zu alarmieren. Außer mir wurden noch andere Männer aus Senarag ausgeschickt, zu den Siedlungen in der Nachbarschaft.«

»Wir müssen wissen, wie viele es sind«, beharrte Manolis.

»Ich weiß es nicht. Der Bauer wußte es auch nicht. Er glaubt, daß sie in der Blauen Grotte Schutz gefunden haben. Er hat nur ein einziges Boot gesehen, aber es kann gut sein, daß es mehrere waren und daß er nur das letzte gesehen hat. Als er später zum Heiligtum ging, da hat er etwa sechs Männer gesehen. Genau weiß er es nicht, er hatte Angst, sich näher heranzuwagen.«

Inzwischen hatten sich zunehmend mehr Männer im Haus von Manolis versammelt. Die Neuigkeit verursachte soviel Unruhe, daß alle durcheinanderzureden begannen. Es gab einige, die meinten, daß sich jeder Rag selbst verteidigen sollte, daß es gefährlich und nutzlos sei, sich auf die Suche nach einem Feind zu begeben und dabei die eigene Siedlung unverteidigt zurückzulassen. Aber die meisten waren sich einig, daß ein Angriff in dem Moment, da der Feind am wenigsten damit rechnete, am besten wäre. Mit den Seevölkern war nicht zu scherzen. Hatten sie erst einmal festen Fuß auf der Insel gefaßt, dann würden sie eine Siedlung nach der anderen überfallen und zerstören und die Bewohner aushungern. Besser war es, die Shardanen sofort anzugreifen, als herumzusitzen und abzuwarten, wo das Schicksal zuerst zuschlagen würde.

Noch in derselben Nacht machten sich die Männer von Buggarag bereit, um bei Tagesanbruch nach Senarag zu gehen.

»Gemeinsam mit den Männern von Senarag können wir das ganze Heiligtum umstellen und dem Feind den Weg zur Blauen Grotte abschneiden. Das ist unsere beste Chance.«

Die Bewachung der Siedlung wurde den noch nicht ganz erwachsenen Jungen und den Frauen übertragen. Es gab noch eine kurze Meinungsverschiedenheit über die Frage, ob das unverantwortlich sei, aber Asterion konnte eine Einigung erzielen. Er wußte, daß die Shardanen Feinde waren, die eine tödliche Gefahr bedeuteten, daß man gegen sie nur im Überraschungsangriff eine Chance hatte und daß es danach keine zweite Chance mehr geben würde. Und die Männer hörten auf die Meinung eines Mannes mit Erfahrung.

Als die Frauen, die bei dem Tempel der Großen Mutter Opfer dargebracht hatten, nach Buggarag zurückkehrten, waren die kampffähigen Männer bereits unterwegs. Auf vielen Pfaden im Süden Malets hasteten Gruppen von bewaffneten Männern in die Richtung der Blauen Grotte. Kurz vor Senarag versammelten sie sich, und noch unter dem Schutz der Dunkelheit formierten sie sich und umstellten den Tempelkomplex. Selbst Manolis, der durch sein steifes Bein große Mühe hatte, sich schnell zu bewegen, hatte darauf bestanden, sich der gefährlichen Expedition anzuschließen.

»Wenn wir einen großen Kreis um den Tempel bilden und langsam durch das Gestrüpp aufrücken, können sie nach keiner Seite entkommen«, sagte Asterion. »Aber zuerst müssen wir den Pfad zur Blauen Grotte abriegeln. Dann sitzen sie gefangen wie die Ratten, und wir warten ab, was passiert. Wir dürfen erst angreifen, wenn wir wissen, mit wie vielen wir es zu tun haben.«

Asterion, der stets behauptet hatte, kein Krieger zu sein, sondern Händler und Seemann, hatte unbemerkt die Führung übernommen. Er war der einzige, der schon früher einmal mit den Shardanen zu tun gehabt hatte und wußte, wie gefährlich sie waren. Insgeheim jedoch beschäftigte ihn hartnäckig die Frage, wie das Bild des Shardanen an den Senabach auf der Insel gekommen war, während die Männer von Malet hoch und heilig schworen, noch nie einen Shardanen auf ihrer Insel gesehen zu haben. Aber sie wußten schließlich auch nicht, wer die Tempel gebaut hatte. Vielleicht waren die Shardanen nach Malet gekommen, als die Tempelerbauer zwar schon verschwunden, die Bauern aus Sicania aber noch nicht angekommen waren. Es gab so viele Rätsel auf Malet, so viele wundersame Dinge, die kein Mensch erklären konnte. In Asterion wuchs der Verdacht, daß vielleicht in letzter Zeit Spione nach Malet gekommen waren, um das Gelände zu erkunden, und daß die Männer, die sich jetzt im Heiligtum verschanzten, gar nicht durch den Sturm auf Malet gelandet waren, sondern die Vorhut bildeten für eine große Angriffsflotte. Wie hatten die Angreifer es verstanden, gerade die eine Stelle an der lebensge-

fährlichen Südküste ausfindig zu machen, an der ein
Boot Schutz finden konnte? Das konnte doch kein Zufall sein?

Als der Morgen anbrach, hatten sich die Männer
dem Tempelkomplex so weit genähert, daß der Feind
im Tempel vollständig eingeschlossen war. Einige ungeduldig gewordene Jüngere wagten sich bis dicht hinter die Tempelummauerung. Bei ihrer Rückkehr mel-
deten sie, daß sie Stimmen gehört hatten, unverständ-
liche Schreie, deren Bedeutung ihnen nicht klar war.
Aber auch wenn sie sich noch näher heranwagten, war
es unmöglich, die Anzahl der Feinde im Tempel zu
schätzen.

»Meiner Meinung nach warten sie, bis sich der
Sturm legt, und kommen dann heraus. Lang können
sie da drinnen nicht bleiben, schon allein deswegen,
weil sie kein Essen und Wasser haben.«

Immer mehr Männer, aus den anderen Teilen von
Malet, trafen jetzt ein, um die Reihen der Belagerer zu
verstärken. Wie viele Shardanen auch in dem Heiligtum sitzen mochten, sie mußten inzwischen erheblich
in der Minderheit sein. Asterion überlegte, ob er jemanden zur Blauen Grotte schicken sollte, um die Anzahl der Schiffe auszukundschaften, aber das war ris-
kant, weil der Pfad unten vom Tempel aus gut zu sehen
war. Er mußte den Feind so lange wie möglich in Sicherheit wiegen.

Der Tag dauerte endlos lange. Als der Abend däm-
merte, nahm der Wind ab. In der Nacht legte sich der
Sturm. Aus der Tiefe war das Brechen der Wellen auf

den Klippen zu hören. Am Heiligtum wurde es unheimlich ruhig. Für die große Anzahl Männer, die in Erwartung des Gefechts, das ihnen bevorstand, im Gestrüpp verborgen lag, brachte das neue Gefahren mit sich. Man konnte nicht mehr laut sprechen. In der Stille war jedes Geräusch weithin zu hören.

»Es kann nicht mehr lange dauern«, flüsterte Asterion dem Anführer aus Senarag zu. »Warum überfallen wir sie nicht im Tempel? Wir sind jetzt doch auf jeden Fall in der Überzahl.«

Aber keiner von den Männern von Malet wollte das Heiligtum betreten.

»Der Geist der Alten würde sich gegen uns kehren«, sagte ein Priester, der sich zu der Gruppe gesellt hatte. »Im Tempel einen Kampf anfangen ist eine Beleidigung der Alten, eine Beleidigung der Großen Mutter. Erst wenn sie herausgekommen sind, steht die Göttin auf unserer Seite.«

In dem Augenblick erinnerte Asterion sich an einen Vorfall aus der Vergangenheit. Er mußte kurz auflachen. Ja, das war die Lösung!

»Ich glaube, ich weiß, wie wir sie nach draußen treiben können, ohne selbst das Heiligtum zu betreten«, sagte er zu dem Priester und den beiden Dorfanführern. »Aber das ist etwas, was ich allein tun muß. Und es ist gefährlich.«

Sie fragten, was er damit meinte, aber er wehrte ihre Fragen ab. »Ich muß es allein tun, und niemand darf mir folgen. Fragt mich nicht, wartet ab!«

»Ohne den Tempel zu…«, fing der Priester noch an.

Asterion schnitt weitere Fragen ab. »Ohne den Tempel zu betreten! Vertrau mir!«

Sie ließen ihn gehen, und nach ein paar Augenblikken war er im dichten Gestrüpp verschwunden. Die Blätter raschelten noch kurz, dann lag wieder Stille um das Heiligtum.

Die Stimme im Tempel

Tief drinnen im Heiligtum lagen die Gefangenen. Die Hände hatte man ihnen auf den Rücken gebunden, und an den Füßen waren alle drei mit einem Tau aneinandergefesselt. Die Shardanen, die sich vorn im Tempel aufhielten, schenkten ihnen keine Beachtung.

Kilikan war offensichtlich bedrückt durch die Tatsache, daß er sich hier auf verbotenem Gelände befand. Seine Angst, die Alten zu beleidigen, war größer als die vor dem Feind.

Leander und Costas hatten damit keine Probleme. Sie machten sich Sorgen darüber, was mit ihnen geschehen würde, wenn der Sturm vorüber war. Aufmerksam horchte Leander auf jedes Geräusch, das aus dem vordersten Raum drang. Er wußte, daß er gar nicht erst nach einem Ausgang an der Rückseite des Heiligtums zu suchen brauchte. Wenn sie aus dem Tempel fliehen wollten, dann mußten sie einen Weg durch den Vorraum suchen, und da saß der Feind.

Draußen heulte der Wind. Die Wellen klatschten an den Klippenrand, und die schweren Äste bogen sich ächzend im Sturm.

»Versuchen wir ein bißchen zu schlafen«, schlug Leander vor. »Vorläufig tut sich nichts. Die unternehmen nichts, ehe sich der Sturm gelegt hat.«

Er erhielt keine Antwort. Jeder versuchte, eine Position zu finden, die nicht allzusehr schmerzte. Durch die gemeinsame Fußfessel waren sie gezwungen, dicht nebeneinanderzuliegen, und halb sitzend, halb liegend sanken sie schließlich erschöpft in einen unruhigen Schlaf.

Sie bemerkten nicht, daß der Wind abflaute und der Himmel im Osten etwas heller geworden war. Und auch die Stimmen der Shardanen im vordersten Raum hörten sie nicht mehr.

Ein ohrenbetäubender Lärm riß die drei Männer aus dem Schlaf. Vorne im Tempel war lauter Tumult ausgebrochen, aber hauptsächlich war es ein gräßliches Geräusch, das sie entsetzte. Es kam aus einem Seitengang, und es hatte nichts gemein mit den normalen Geräuschen von Wind und Wasser oder mit menschlichen Stimmen. Es war ein schauerlicher Ruf, wie ein Schrei aus einer anderen Welt. Noch ehe sie versuchen konnten aufzustehen, ertönte der grauenhafte Laut aufs neue. Ein nicht enden wollendes Kreischen und Heulen war es, das schließlich in ein dumpfes Brummen überging.

In der Dunkelheit konnten die drei in einem schwachen Lichtschein den Gang zu den vorderen Räumen erkennen. Dort, in dem dämmrigen Streifen, drängelten sich dunkle Gestalten. Das waren die Shardanen, die in Panik nach draußen flüchteten.

»Was ist da los?« Costas war der erste, der sprach. Kilikan zerrte in Panik an den Tauen um seine Knöchel. »Die Alten…«, wimmerte er, »das müssen die Geister der Alten sein, sie vernichten uns!«

Leander, dessen Beine eingeschlafen waren, knickte bei dem Versuch aufzustehen mit den Füßen um, und da er sich nicht mehr mit den Händen abstützen konnte, schlug er mit dem Gesicht gegen die Mauer. Er spürte, wie ihm das Blut aus der Nase lief, aber es kümmerte ihn nicht. Dann zerrte er plötzlich die beiden anderen, die eben versuchten, den Gang zu erreichen, wieder zu Boden.

»Hinlegen«, rief er mit gedämpfter Stimme. »Hiergeblieben!«

Draußen entstand jetzt ein gewaltiger Lärm. In dem Getöse mischten sich menschliche Stimmen und Waffengerassel. Vor dem Heiligtum, hoch auf dem Klippenrand, war ein lautstarker Kampf entbrannt, der die grausigen Schreie aus dem Tempel übertönte.

Als der Lärm für einen Moment nachließ, sagte Leander: »Ich weiß, was passiert ist. Wenn wir liegenbleiben, sind wir gerettet.«

Den Rücken gegen die Mauer gelehnt, lauschten die Gefangenen den Geräuschen des Kampfes, der sich außerhalb des Heiligtums abspielte. Heisere Schreie, Jubel, der anschwoll und näher kam.

Dann ertönte wieder die unheimliche Stimme im Tempel. Diesmal waren es keine ohrenbetäubenden Schreie, sondern einfache menschliche Worte, auch wenn sie unnatürlich hallten. »Ist da jemand?« fragte die Stimme.

Für einen Moment vergaß Leander, daß er an seine Kameraden gefesselt war. Er sprang auf, fiel allerdings sofort wieder mit dem Gesicht gegen die Steinwand. »Hier...«, schrie er trotzdem laut. »Asterion, wir sind hinten im Tempel!«

Und ehe die anderen erneut in Panik gerieten, fügte er hinzu: »Das Orakel, Asterion wußte von dem Orakel.«

Kilikan und Costas blickten Leander verständnislos an, aber der nahm sich nicht die Zeit zu einer Erklärung. Er zerrte die beiden mit sich, und gemeinsam humpelten sie zum Eingang. Stolpernd erreichten sie das Tageslicht. Niemand kam ihnen entgegen, aber das beunruhigte Leander nicht. Er wußte, daß die Menschen von Malet den Tempel niemals betreten würden, aber auf dem Tempelplatz über den Klippen würden sie warten, bis die Gefangenen herauskämen.

Dicht vor dem Eingang stand Asterion. Er schlang seine Arme um Costas. In seiner Freude zerrte er die aneinandergebundenen Männer erneut zu Boden. Sie fielen alle übereinander. Ein schneidender Schmerz ließ Leander das Bewußtsein verlieren, und ausgerechnet im Augenblick der Befreiung brach er sich unter dem Gewicht der beiden Gefährten den linken Arm.

Es dauerte zwei volle Tage, bis sich die Gefangenen wieder erholt hatten. Nur Leander brauchte länger. Sein geschienter Arm sollte ihm noch geraume Zeit Schwierigkeiten machen.

Sia war nun fest davon überzeugt, daß sie ihr Opfer für die Große Mutter nicht umsonst erbracht hatte. Sogar Asterion nahm an der Feier beim Heiligtum im Wald teil, wo der Großen Mutter für den errungenen Sieg gedankt wurde.

Es war, als wäre nach den Ereignissen während des Sturms die letzte Zurückhaltung der Bevölkerung von Malet verschwunden. Asterion und seine Familie wurden vollends in ihre Gemeinschaft aufgenommen. Nach langwieriger Beratung beschlossen die Ältesten der verschiedenen Rags, das erbeutete Shardanenboot Asterion zu schenken als Belohnung dafür, daß er unter Einsatz seines Lebens den Feind aus dem Tempel vertrieben hatte. Es war ein prächtiges Geschenk, denn das Boot war unbeschädigt, seetüchtig, schnell. Mit Kenneraugen betrachteten Asterion und Leander ihren neuen Besitz. Ihr Leben auf Malet würde sich durch ihn verändern. Asterion, der Seemann, würde wieder ausfahren können, Handel treiben, fischen. Und da er ein so großes Schiff unmöglich allein bedienen konnte, konnte er noch bestimmt zehn anderen Männern Arbeit verschaffen. Das Schiff verfügte über ein großes Rahsegel und sechzehn Ruderriemen.

»Aber es muß anders angestrichen werden«, fand Leander. »Sobald du damit auf hoher See bist, denkt jeder, daß du ein Shardane bist. Das fehlte noch!«

Sie lachten. In Costas' Kopf spukte eine Frage herum, die er schon lange hatte stellen wollen.

»Warum habt ihr die besiegten Shardanen vom Klippenrand gestoßen? War das denn nötig?« Und er dachte: Sie hatten uns zwar gefangengenommen, aber eigentlich haben sie uns doch nichts getan.

Asterion, selbst ein friedliebender Mann, begriff, was seinen Sohn beschäftigte. Der Junge hatte zum erstenmal einen Kampf auf Leben und Tod erlebt und schreckte vor dem Abschlachten von Gefangenen zurück.

»Das waren Shardanen, Junge«, sagte er. »Wenn wir sie am Leben gelassen hätten, wären sie innerhalb kürzester Zeit entkommen. Und dann hätten wir die ganze rachsüchtige Shardanenhorde auf dem Hals gehabt. Laß ihre Kameraden ruhig denken, sie wären in dem Sturm auf dem Meer umgekommen. Das ist um einiges sicherer für Malet.«

Über die Shardanen wurde nicht mehr gesprochen. Das Thema beschäftigte Costas wohl noch eine Weile, aber er erwähnte es nicht mehr. Dafür machte er sich oft Gedanken über Dinge, die ihm zufällig zu Ohren kamen. So etwa wurde er einmal Zeuge, als Bela zu Lani sagte: »Wir dürfen jetzt auch die Große Mutter im Heiligtum sehen. Wir gehören jetzt zu euch« An diese Bemerkung mußte er wenig später denken, als er in der Nähe der Höhle der Finsternis arbeitete, dicht bei dem kleinen Hügel im Gebüsch. Wir gehören jetzt auch dazu, hatte Bela gesagt. Wir dürfen jetzt auch zur Großen Mutter im Heiligtum. Warum? Weil Sia ihr Opfer gebracht hatte, weil sie für die Göttin von Malet auf ihr goldenes Doppelbeil verzichtet hatte? Sia hatte sich wie die Bewohner von Malet verhalten. Selbst Asterion hatte bei der Dankesfeier mitgemacht.

Costas' Augen wanderten zu dem laubbedeckten Skelett, von dem er jetzt wußte, daß es von einem ausgestorbenen Tier stammte, von einem Elefanten. In Gedanken saß er in der Hafenkneipe von Cheman und hörte die Stimme vom alten Brando: »Wenn ich dir einen guten Rat geben darf: Halte dich fern! Du könntest sonst die Götter verärgern. Und das darfst du niemals tun!«

Hinter ihm näherten sich Schritte. Costas hörte Leanders Stimme: »Ich habe mir schon gedacht, daß ich dich hier finde. Gräbst du deinen Elefanten aus?«

Der Mann und der Junge sahen einander an. Nur sie beide wußten von dem Elefanten. Keiner sonst hatte das Skelett gesehen. Costas faßte einen Entschluß. »Nein«, sagte er. »Laß es ein Geheimnis zwischen uns beiden bleiben. Wir gehören jetzt nach Malet. Wir müssen jetzt so leben wie die Menschen von Malet. Wir dürfen ihre Alten und ihre Götter nicht verärgern.«

Leander nickte. Der Junge hatte recht. »Es bleibt unter uns«, sagte er.

Auf Malet war wieder Ruhe eingekehrt. Der gefürchtete Überfall der Shardanen blieb aus. Mit der Zeit ließ die Wachsamkeit nach, bis das Leben wieder genauso verlief wie vor dem Sturm.

Nur für Asterions Familie hatte sich viel verändert. Das Schiff, neu gestrichen und mit einem anderen Segel versehen, beherrschte nun ihr ganzes Leben. Asterion und Leander, der wieder im Haus seines Schwagers eingezogen war, stellten mit acht Ruderern aus Buggarag und Cheman eine regelmäßige Schiffsverbindung mit Sicania und Pantellaria her. Zu festgesetzten Zeiten fuhren sie um Malet und Gawl, um Verbindung mit anderen Häfen zu halten, und manchmal blieben sie einige Tage auf See, um zu fischen. Aber die Angst vor den Shardanen im Westen und dem brüllenden Stier im Osten saß ihnen noch im Nacken. Weite Reisen, wie nach Azila und Kursnos oder in Richtung Kaftor, fanden noch nicht statt. Es hatte keinen Sinn, das Schicksal herauszufordern.

Die Jahre verstrichen. Malet war ein gutes Land, ein sicherer Hafen. Seit sein Vater wieder ein seetüchtiges Boot hatte, kümmerte sich Costas allein um die Arbeit auf dem Land. Er war ein guter Bauer geworden. Nach der Arbeit auf den Feldern baute er an seinem Haus, denn er wollte mit einer jungen Frau aus Senarag eine Familie gründen.

Auch Asterion wohnte inzwischen in einem neuen Haus. Es war aus Stein gebaut, so wie das in Amnisos.

Manchmal lief ein Händler aus Kemi mit Berichten über die Inseln in der östlichen Großen Grünen ein. Es waren immer lückenhafte Berichte, die von Mund zu Mund gegangen waren und schließlich nicht mehr der Wahrheit entsprachen. Nie war es möglich, Antwort auf direkte Fragen zu bekommen.

»Einmal noch will ich selbst hinfahren«, hatte Asterion zu Sia gesagt. »Wie kann ich den unvollständigen Berichten vertrauen, die hier ab und zu hereintröpfeln.« Aber die Ruderer von Malet wollten nicht nach Osten, und Sia verstand es, Asterion davon abzuhalten, die gefahrvolle Reise mit einem kleinen Segelboot zu machen.

»Wir haben es gut hier. Sei zufrieden.«

Er schien sich damit abzufinden. Aber Sia wußte, daß die Sehnsucht nach Kaftor Asterion nicht losließ, daß er auf Malet erst Ruhe finden würde, wenn er mit eigenen Augen gesehen hatte, daß die alte Heimat ihm und seinen Kindern keine Zukunft mehr zu bieten hatte.

Vierzig Jahre alt war Asterion gewesen, als der Stier auf Kaftor brüllte. Oft hatte er gedacht, er sei zu alt, um sich ein neues Leben auf einer anderen Insel aufzubauen. Trotzdem war es ihm gelungen. Es dauerte zehn Jahre, bis er eine Gelegenheit sah, eine Reihe junger Ruderer zu überreden, mit ihm eine große Reise zu den Inseln in der östlichen Großen Grünen zu unternehmen. Diesmal protestierte Sia nicht. Obwohl sie selbst davon überzeugt war, daß er schwer enttäuscht werden würde, wußte sie, daß es die einzige Möglichkeit war, die letzte Barriere zwischen ihm und der neuen Heimat zu beseitigen.

Besorgt sah sie ihn abreisen: Trotz seiner fünfzig Jahre war er noch ein Schiffer mit Autorität, ein Seemann, der seine Kunst bestens verstand. Sie sah ihm lange nach, als er am Steuerriemen seines schönen Schiffs aus der Bucht hinausfuhr und Kurs nach Osten nahm. Auch Leander war an Bord. Costas dagegen war auf dem Land nicht zu entbehren.

Sobald das Boot außer Sichtweite war, kehrte Sia nach Buggarag zurück. Zu Hause trat sie vor den Altar der Schlangengöttin, und weil sie allein im Haus war, sprach sie laut zu der Statuette, die all die Jahre eine schöne Erinnerung an Amnisos gewesen war.

»Beschütze Asterion gegen die bösen Geister auf Kaftor«, bat sie. »Er ist dir immer treu gewesen. Behüte ihn vor Gefahren!« Im schwachen Licht der Öllampe betrachtete sie die Göttin und seufzte. Es genügte nicht, die Schlangengöttin anzurufen. Sie konnte Asterion nur auf ihrer Insel beschützen, auf Kaftor. Über Malet jedoch wachte die Große Mutter. Über der Herdstelle hingen die geräucherten Schinken vom letzten Schlachttag. Sia suchte den schönsten aus und packte ihn in ein Tuch. Draußen begegnete sie Lani.

»Sag Bela, daß ich heute abend erst spät wieder zu Hause bin«, sagte Sia.

Lani sah ihr erstaunt nach, als sie den Hügel hinabstieg und in nördlicher Richtung verschwand. Sia beeilte sich, denn es war ein langer Weg zum Heiligtum, tief im Wald. Die Große Mutter muß ein Opfer erhalten, dachte sie. Sie muß Asterion wieder nach Hause bringen.

Ein Wiedersehen und
eine Heimkehr

Der Wind blies aus Nordost. Asterion hatte das Rahsegel gehißt. Die Fahrt ging gut voran, und die Stimmung an Bord war ausgezeichnet.

Die beiden Männer von Kaftor spürten eine seltsame Erregung. Sie ahnten, daß das, was sie auf dieser Reise erleben würden, den Rest ihres Lebens bestimmen würde, und sie versuchten ihr Unbehagen zu unterdrücken. Denn stärker als ihre Angst war ihr Wunsch, nach Kaftor zurückzukehren und Gewißheit zu erlangen über das, was dort vor sich ging – selbst auf die Gefahr hin, daß sie dadurch ihre Träume zerstörten.

Die junge Mannschaft kannte die Hoffnungen und Ängste der beiden Anführer nicht. Für sie war die Reise ein Abenteuer, möglicherweise ein gefährliches, aber auf jeden Fall ein interessantes. Drohende Gefahren konnten ihre Begeisterung nicht dämpfen.

Die Reise von Malet nach Kaftor verlief rasch. Schon nach vier Tagen tauchten die Umrisse der Berge von Kaftor am Horizont auf. Gegen Abend näherte sich das Schiff der Westspitze der Insel. Aber Asterion blieb vorsichtig und beschloß, nicht in der Dunkelheit zu landen, sondern lieber die Nacht noch auf See zu verbringen. Die Männer von Malet waren ungeduldig. »Warum landen wir nicht? Warum müssen wir eine ganze Nacht auf See bleiben?«

»Morgen in aller Frühe laufen wir ein«, war alles, was Asterion sagte. Er hatte keine Lust, durchblicken zu lassen, daß eine Eingebung ihn warnte. Er strich das Segel und ließ das Boot treiben. Leander verteilte den letzten Mundvorrat und das letzte Trinkwasser. »Geht ruhig schlafen, wir halten Wache.«

Die Nacht war dunkel und kühl. Während die Männer von Malet schliefen, saßen Asterion und Leander an den Riemen. Am dunkelblauen Himmel standen unzählige Sterne. Es sah aus, als läge ein silberner Saum um die Weißen Berge. Manchmal trieb eine kleine Wolke vor den Mond. Dann war Kaftor in Finsternis gehüllt. Weder Asterion noch Leander hatten das Bedürfnis zu schlafen. Leise sprachen sie miteinander über ihre Hoffnungen und Erwartungen. Aber es war das wohlhabende, friedliche Kaftor, über das sie sprachen, das Kaftor, wie es vor der Katastrophe gewesen war. Es war ein gutes Land gewesen, in dem der Minos mit Umsicht und Verstand regiert hatte, und in ihrer Erinnerung wurde es noch schöner, noch verlockender.

Leander hatte nie etwas von seinem Leben auf Strongili erzählt, und Asterion war erstaunt, daß er jetzt ausführlich darüber redete.

»Knossos und Amnisos waren prächtige Orte«, sagte er. »Du wirst mir vielleicht nicht glauben wollen, wenn ich dir sage, daß Strongili noch schöner war. Die Stadt hatte aus Stein gebaute Häuser, oft zwei oder sogar drei Stockwerke hoch. Die Häuser der Priester und der reichen Kaufleute waren innen mit prächtigen

Wandmalereien verziert, so wie du sie auch aus dem Palast des Minos kennst. In den großen Vorratskellern des Priesterhauses – man nannte es das Westhaus – standen riesige Töpfe und Fässer voller Öl und Korn, voller Früchte und Mehl. Nach jedem Werktag sind die Arbeiter aus der Stadt auf dem dreieckigen Platz vor dem Westhaus zusammengekommen. Dort wurden dann die Lebensmittel verteilt, als Lohn für die Arbeit. Mein Haus hat etwas außerhalb der Stadt gelegen. Ich habe ein ordentliches Stück Land gehabt, wo ich alles anbauen konnte, was ich brauchte. Ich bin mein eigener Herr gewesen.«

Schweigend hörte Asterion zu. Es bestand ein starkes Zusammengehörigkeitsgefühl zwischen ihnen, nun, da sie so dicht vor Kaftor auf das Anbrechen jenes Tages warteten, der Antwort geben sollte auf die Fragen, die zehn lange Jahre in ihren Köpfen gespukt hatten. War es noch möglich, auf Kaftor und Strongili zu leben? Wie lange wirkten die Folgen der großen Katastrophe noch nach?

»Ich hatte einen Freund auf Strongili«, erklang Leanders Stimme im Dunkel, »einen Maler. Er hat auf Bestellung die schönsten Wandmalereien gemacht. Meistens waren es religiöse Bildmotive. Aber nicht immer. Ich sehe es noch vor mir, wie er auf die Wände eines großen Hauses ein Bild mit Antilopen gemalt hat. Im selben Zimmer malte er auf eine kleine Zwischenwand zwei boxende Jungen. Es ist mir aufgefallen, daß er die Jungen mit einem Gürtel gemalt hat, der genauso aussah wie die Gürtel von den Stierspringern in Knossos. Trotzdem waren die Malereien auf Strongili ganz anders als die im Palast des Minos. Ich weiß das, weil ich meinen Freund oft begleitet habe und ihm die Farben gebracht habe, wenn er wieder einmal einen Auftrag in einem Haus hatte. Er hat immer helle Farben benutzt und dafür gesorgt, daß er nie zweimal dasselbe gemalt hat. Vor allem hat er gerne Blumen gemalt. Im Westhaus, dem Priesterhaus auf dem dreieckigen Platz, hatte er ein prächtiges Gemälde von einem Fest auf See gemalt, und im Obergeschoß, das nur Priester betreten durften, weil dort das Heiligtum lag, hat er Männer dargestellt, die gerade vor einem Altar stehen und Fische als Opfer darbringen. Ich habe das alles nur durch meinen Freund zu Gesicht bekommen. Normale Menschen durften da nicht hin.«

Asterions Gedanken schweiften ab. Jetzt, wo Leander von den Wandmalereien angefangen hatte, sah er den Palast von Knossos vor sich, mit dem Abbild des Stiers auf der Wand des Nordportals. Leander sprach weiter.

»Nachdem der Stier das erste Mal gebrüllt hatte, ist auch mein Freund noch zurückgekommen, um die beschädigten Wände vom Westhaus wiederherzustellen. Ich war damals nicht dabei, weil ich selbst alle Hände voll damit zu tun hatte, meine eigene Wohnung zu reparieren. Ich habe mich immer gefragt, was aus ihm geworden ist, als der große Ausbruch kam.«

Über die Frau, für die er sein Haus gebaut hatte, sprach Leander nicht mehr. Nichtsdestotrotz wußte Asterion, daß sein Schwager vor allem deshalb nach

Strongili wollte, um zu sehen, ob er noch eine Spur von ihr oder ihrer Familie entdecken konnte.

Die Nacht ging zu Ende. Im Osten begann der Himmel bereits heller zu werden. Asterion weckte die schlafenden Ruderer. »Aufwachen, es ist Zeit. Wir legen an, dort, in der kleinen Bucht.« Zehn Jahre hatte er die Erinnerung an die kleine Bucht an Kaftors Westküste bewahrt, aus der er mit seiner Familie in Manolis' Boot geflüchtet war. Er wußte, daß hoch über dem Meer Häuser standen, die von Flutwellen nicht erreicht werden konnten. Dort mußten noch Menschen wohnen.

Das Wetter war sonnig und warm, die Stimmung der Mannschaft war gut. Asterion vertäute sein Schiff und ging mit Leander und zwei Ruderern an Land.

Noch ehe sie auf die Bewohner der Häuser oben auf den Felsen getroffen waren, erkannten Asterion und Leander, daß sich ihre Hoffnungen nicht erfüllt hatten. So, wie es aussah, hatte sich das Land von den schweren Ascheregen zwar wieder erholt – aber warum sah der Weiler auf den Felsen so verfallen aus? Die Häuser schienen unbewohnt, in der Bucht lagen nur wenige, schlecht versorgte Fischerboote. Die Äcker um die Siedlung, wo Korn und Trauben gestanden hatten, lagen brach. Unkraut hatte von ihnen Besitz ergriffen. Ein paar räudige Schafe grasten auf dem Abhang über dem Dorf. Neugierig betrachteten sie die Männer, aber sie flohen scheu, als diese näher herankamen.

Asterion suchte nach dem Haus, in dem seine Familie vor zehn Jahren einige Nächte lang geschlafen hatte. Als er es schließlich fand, erkannte er es kaum wieder. Ein alter Mann mit mißtrauischem Blick kam heraus. Sein Hund folgte ihm wie ein Schatten.

»Sonne und Mond auf deinen Pfad«, sagte Asterion. Er hatte auf den Gruß zurückgegriffen, der in seinen jungen Jahren üblich gewesen war. »Ich bin Asterion, der Schiffer aus Amnisos. Vor zehn Wintern bin ich mit meiner Familie vor dem Brüllen des Stiers geflohen. Von hier aus bin ich zur anderen Seite von der Großen Grünen fortgesegelt. Ich bin zurückgekommen, um zu sehen, ob ich hier wieder leben kann. Bin ich in deinem Haus willkommen?«

Der Mann mußte an Asterions Sprechweise erkannt haben, daß er in der Tat ein Landsmann war. Vielleicht erinnerte er sich auch an die Zeit, da täglich Flüchtlinge aus dem Osten Kaftors zu seinem Weiler gekommen waren. Der Argwohn verschwand aus seinen Augen, und mit einer Willkommensgeste lud er die Männer in sein halbverfallenes Haus ein. »Wein kann ich dir nicht bieten, Mann aus Amnisos, aber es gibt sauberes Wasser aus dem Brunnen, und du findest Schatten unter meinen Zypressen.«

Von dem hochgelegenen Haus aus hatten die Männer eine prächtige Aussicht über die Bucht. Tief unter ihnen trieb das Boot, mit dem sie gekommen waren, auf den blauen Wellen. Auf dem Abhang über dem Haus warfen silberblättrige Olivenbäume Schatten auf das dürre Land. Eine Eidechse raschelte im trockenen Laub und flitzte dann über die bröckelige Mauer. Bie-

163

nen summten zwischen den Mohnblumen. Das Land sah bei näherem Hinsehen doch gut aus, was jedoch war mit den Menschen geschehen?

Es war kein langes Drängen nötig, um den Fischer zum Sprechen zu bringen, und seine Geschichte war weitaus düsterer, als es das Bild des sonnigen Landes draußen vermuten ließ. Damals, nachdem der Stier gebrüllt hatte, waren unzählige Flüchtlinge hierher zum Weiler gekommen, erzählte der Alte. Zu viele! Obwohl der äußerste Westen von Kaftor noch ziemlich verschont geblieben war, lagen auch hier die Äcker unter der Asche, die Ernte war verloren, viel Vieh umgekommen. Die meisten Flüchtlinge versuchten, auf dem Seeweg fortzukommen, aber wer kein Boot finden konnte, mußte hierbleiben. Und für sie alle war nicht ausreichend Nahrung da. Noch ehe der Winter einfiel, herrschte Hungersnot, und als der Frühling kam, waren sie mager und schwach. Dann tauchte vom Meer her eine neue Gefahr auf: Die Männer vom Festland kamen, die Krieger von Mukènai, die es schafften, die friedlichen Keftiou ohne nennenswerten Widerstand zu unterwerfen.

»Aber der Minos«, fiel Asterion dem Fischer ins Wort, »hat der Minos denn seine Leute nicht beschützen können?«

Der Minos hatte die Gefahr nicht abwenden können, denn von seiner Flotte, die größtenteils in den Häfen an der Nordküste lag, als die Flutwelle die Insel heimsuchte, war kein Boot heil geblieben. Und die Macht des Minos basierte auf seiner Flotte. Die Dörfer und

Städte auf Kaftor kannten keine Festungsmauern. Sie lagen ungeschützt, offen und bloß da, als der Feind das große Durcheinander nach der Katastrophe zu seinem Vorteil ausnutzte.

Während der alte Mann weitererzählte, erinnerte Asterion sich an die Geschichte des Händlers aus den Zwei Ländern, der kurz nach der Katastrophe auf Malet erschienen war und von seiner glücklosen Reise nach Kaftor berichtet hatte, wo er Eichenmoos hatte holen wollen. Der Mann hatte damals nicht übertrieben. Im Gegenteil, alles war noch schlimmer, als er es beschrieben hatte. Der Feind hatte den desolaten Zustand in den Städten und Dörfern auf der heimgesuchten Insel ausgenutzt, während die Bevölkerung, vom Hunger geschwächt, sich nicht wehren konnte. Zu Hunderten, zu Tausenden waren die gesunden jungen Männer und Frauen zu den Sklavenmärkten im Osten abtransportiert worden. Und was von der Katastrophe verschont worden war, das wurde von den Kriegern aus Argos vernichtet.

Danach war das Leben auf Kaftor nur noch ein Überlebenskampf. Die einst wohlhabenden, gut organisierten Gemeinschaften zerfielen im täglichen Kampf um die Existenz: Jeder kämpfte nur für sich, ohne Führung, ohne Gefühl für den Mitbürger. Der Alte war zum Ende seines niederschmetternden Berichts gekommen.

»Es ist jetzt ziemlich ruhig«, sagte er. »Was gibt es hier noch zu rauben? Ich bin alt, ich lebe vom Fischfang. Sie lassen mich in Ruhe. Aber wenn du irgendwo anders ein gutes Leben führen kannst, dann komm nicht nach Kaftor zurück. Der Minos ist tot, seine Paläste sind vernichtet, seine Beamten verschleppt. Was suchst du noch auf Kaftor?«

Asterions nüchterne Urteilskraft stritt mit der Liebe zur alten Heimat. Er schaute auf die Bucht mit der trügerisch schönen Aussicht und dann hinüber zu den eingestürzten Häusern des einst so wohlhabenden Dorfes.

»Die Keftiou gehören nach Kaftor«, sagte er fast mechanisch. All die Jahre war dieser Satz in seinem Kopf herumgespukt: Die Keftiou gehören nach Kaftor, nicht nach Malet oder wohin auch immer. Und doch war in ihm eine Stimme, die sagte: »Du hast es immer gewußt, daß du nie zurückkommen kannst. Du wolltest es nicht wahrhaben, aber tief in deinem Inneren hast du es gewußt. Sia hatte recht, als sie sagte, daß du nicht zurückschauen darfst. Als der alte Fischer weitersprach, glaubte Asterion für einige Sekunden, Sia zu hören: »Du darfst nicht zurückschauen. Hier gibt es keine Zukunft mehr. Wenn ich zwanzig Jahre jünger wäre, würde ich mit dir zu der Insel reisen, von der du jetzt herkommst.«

Trotzig entgegnete Asterion: »Ich mußte es mit meinen eigenen Augen sehen. Ich habe die lange Reise nicht gemacht, um sofort wieder umzukehren. Ich will Amnisos sehen. Ich will sehen, was in Knossos passiert ist, in Olous, in Gournia.«

Der Alte zuckte mit den Schultern. »Ich werde dich nicht zurückhalten. Aber du solltest auf See gut auf-

166

passen. Wenn du feindlichen Schiffen begegnest, endest du auf dem Sklavenmarkt. Willst du das riskieren?«

»Das muß ich mit meinen Männern beraten. Ich kann nicht über ihr Leben bestimmen.«

Der Alte begleitete ihn nach unten zur Bucht. Voller Bewunderung betrachtete er das prächtige Schiff. Seit Jahren hatte er kein so schnittiges und tüchtiges Fahrzeug mehr gesehen. Sein geschulter Blick erkannte an der Bauweise des Schiffs sofort dessen Seetüchtigkeit. Und wieder sagte er: »Ich kann dich nicht zurückhalten. Du begibst dich in Gefahr. Aber du hast ein prächtiges Schiff und gute Ruderer. Solltest du auf See einem Feind begegnen, wirst du wahrscheinlich der Schnellere sein. Ich wünsche dir eine glückliche Reise.«

Dann stieg er langsam den Abhang zu seinem Haus hinauf, und nicht ein einziges Mal mehr wandte er sich um.

Asterion besprach sich mit seinen Männern. »Leander und ich wollen weiterfahren. Aber es kann gefährlich werden, und ich will nicht über euer Leben verfügen. Wenn ihr mit uns kommen wollt, werde ich euch bei wohlbehaltener Heimkehr gut belohnen. Wagt ihr es nicht, dann kehren wir jetzt um.«

Er überließ ihnen die Wahl, aber er wußte, daß die acht jungen Kerle aus Buggarag und Cheman niemals etwas sagen würden, was sie in den Verdacht der Feigheit bringen könnte.

»Fahren!« rief einer. »Es wird Zeit, daß wir Männer

von Malet die östliche Große Grüne kennenlernen. Oder wollen wir uns durch die Geschichten eines alten Mannes abschrecken lassen?«

Asterion sah seinen Schwager an. Beide wußten, daß es nicht um eine Vergnügungsreise ging, daß die Gefahren größer waren, als es die jungen Ruderer erahnen konnten.

»Wenn wir kein Shardanenboot hätten, wäre es Wahnsinn«, sagte Leander. »Die Shardanen haben die schnellsten Schiffe auf der Großen Grünen. Wenn wir dafür sorgen, daß wir nicht in einem Hafen überrascht werden oder in der Nacht, dann sollte der Feind lieber geflügelte Schiffe haben, wenn er uns auf offenem Meer jemals einholen will.«

»An die Riemen!« befahl Asterion. »Außerhalb der Bucht Segel hissen!«

Noch einmal schaute er sich nach der verfallenen Siedlung auf den Felsen um. Als dunkle Silhouette zeichnete sich eine kleine Gestalt gegen den blauen Himmel ab. Der alte Fischer sah ihnen nach, bis sie am Horizont verschwunden waren.

Sie fuhren die Nordküste entlang in östliche Richtung, dicht unter der Küste. Ständig beobachteten sie den Horizont, hielten Ausschau nach Lebenszeichen auf dem Land und spähten nach Segeln auf dem Meer. Es schien, als ob sie eine unbewohnte Insel auskundschafteten. In den geschützten Buchten, wo früher reger Schiffsverkehr geherrscht hatte, herrschte jetzt Stille. Nur das Geräusch der Brandung war zu hören oder manchmal das Kreischen eines Seevogels. Je weiter sie nach Osten fuhren, desto unwirtlicher begann das Land auszusehen. »Morgen sind wir in Amnisos«, sagte Asterion zu Leander. »In Amnisos müssen noch Menschen wohnen. Das kann nicht ganz ausgestorben sein.«

Als sie jedoch tags darauf nach Amnisos kamen, sahen sie bereits von weitem lediglich ein verfallenes Ruderboot, ein kaputtes Fischernetz, eine abgebrökkelte Anlegestelle und einen räudigen Hund, der mit eingekniffenem Schwanz scheu davonschoß. Asterion und Leander stießen ihr kleines Ruderboot von dem größeren Schiff ab. »Ihr bleibt auf See«, hatte Asterion bestimmt. »Wir gehen kein Risiko ein. Wenn das große Schiff an der Anlegestelle liegt, können wir bei einem Überfall niemals schnell genug wegkommen.«

Gespannt blickten die Ruderer ihrem Schiffer und seinem Schwager hinterher. Obwohl die jungen Männer noch keinen Augenblick daran dachten umzukehren, ging von der stillen Insel doch eine Beklemmung aus, die jeden erfaßte. Es schien etwas Unnatürliches über dem Ort zu liegen, so als ob ganz Kaftor einer Geisterwelt in die Hände gefallen wäre.

Asterion und Leander legten mit ihrem kleinen Boot an einem hervorspringenden Felsen an. Sie gingen an Land. Die Überreste der einst wohlhabenden Hafenstadt flimmerten in der heißen Sonne. Der Boden war ausgedörrt. Uralte Olivenbäume warfen ihre Schatten auf die eingestürzten Mauern und die zerstörten Gassen. Aber kein lebendes Wesen war zu sehen.

Vor Asterions ehemaligem Haus blieben sie kurz stehen. Keine Mauer stand mehr. Der Schutt war von Dornensträuchern überwuchert, und wo einmal die Weinstöcke gestanden hatten, lag eine verdorrte Wildnis.

»Komm mit«, brummte Asterion. »Ich muß sehen, was von Knossos noch übrig ist. Ich kann mir nicht vorstellen, daß von den gewaltigen Palästen nichts mehr stehen soll.«

Ohne viel Hoffnung folgten sie dem bekannten Weg zum Wohnort des Minos. Und schon von weitem war zu sehen, daß jede Hoffnung auch vergebens gewesen wäre. Hier und da standen noch Bruchstücke von Mauern, die gepflasterten Straßen waren von Unkraut überwuchert, abgebrochene und halbverrottete hölzerne Pfeiler ragten aus dem Schutt, hier und da ein

Bauwerk, das noch intakt schien, bei näherem Hinsehen aber verlassen war. Wie ein Mahnmal stand noch das Nordportal des Palastes. In der Säulenhalle starrten die Stiere von den Wandbildern herab. Der Putz war abgebröckelt, die Wand durch Wind und Wetter in Mitleidenschaft gezogen.

In den Kellern der Paläste standen noch die riesigen Vorratsfässer, in denen früher Öl, Korn und Wein aufbewahrt worden waren. Nun waren sie leer, bis auf eine dicke schwarze Aschenschicht, die sich im Laufe der Jahre in ihnen angehäuft hatte.

Asterion suchte sich seinen Weg durch den großen Komplex, wo er früher regelmäßig gewesen war, um Handelswaren abzuliefern. Mitten in den Trümmern aber verlor er die Orientierung. Dann stand er in einem Raum, dessen Dach zur Hälfte eingestürzt war. An den verwitterten Wänden waren noch verblaßte Reste von Bildern zu erkennen. Asterion glaubte, Blumen zu erkennen und etwas, das nach einem Tier mit einem Vogelkopf aussah. In der Mitte des Raumes, an die Mauer gebaut, war ein steinerner Sitz, links und rechts von Bänken flankiert. Der Schweiß brach ihm aus, als Asterion begriff, daß er sich auf verbotenem Gebiet befand: Er stand im Thronsaal des Minos. Angst schnürte ihm die Kehle zu. Hastig suchte er sich seinen Weg durch den Schutt zur Außenseite des Palastes. Leander folgte ihm. Unter einer uralten Zeder blieben die Männer stehen und starrten auf eine Mauer, die stehengeblieben war und auf der sich unbeschädigte, steinerne Stierhörner befanden. Schweigend kehrten sie zurück. Was gab es da noch zu sagen. Einst hatten in der Stadt und im Hafen des Minos mehr als hunderttausend Menschen gelebt. Jetzt war kein einziger mehr zu sehen. – Aber wo waren sie geblieben?

Als sie zum Ruderboot hinuntergingen, sagte Asterion: »Ich hab' das Gefühl, daß wir nicht allein sind, daß noch Menschen in den Trümmern leben und daß sie sich vor uns versteckt halten.«

»Viele können es nicht sein«, antwortete Leander. »Dann hätten wir Spuren von menschlichem Leben finden müssen. Wir hätten Haustiere oder angelegte Felder sehen müssen. Es ist jetzt gerade so, als würden wir von den Geistern der Menschen, die hier einmal gelebt haben, beobachtet. Und sie haben deutlich mehr Angst vor uns als wir vor ihnen.«

Hartnäckig setzte Asterion seine Reise fort. Irgendwo mußte doch noch Leben sein. Ein so wohlhabendes Reich wie das des Minos konnte doch nicht vollständig verschwinden.

Aber wo er auch landete, überall bot sich dasselbe Bild. Er wanderte durch die Überreste des Palastes von Malia und betastete die riesigen Vorratsfässer, die noch mitten auf dem viereckigen Platz standen, als schweigende Zeugen besserer Zeiten. In dem kleinen Ruderboot fuhr er zusammen mit Leander über die versunkene Stadt Olous. In dem glasklaren, seichten Wasser konnten sie deutlich die Häuser und den Verlauf der Gassen erkennen. Lähmende Niedergeschlagenheit bemächtigte sich ihrer bei dem Gedanken daran, was die Menschen mitgemacht haben mußten, als die großen Flutwellen die Stadt überspülten.

»Laß uns weggehen«, schlug Leander vor. »Es hat keinen Sinn, uns selbst noch länger zu quälen. Hier auf Kaftor gibt es für uns keine Zukunft mehr.«

»Ich will noch einen Ort besuchen. Ich will nach Gournia.«

Leander verstand ihn. Wenn sie nach Malet zurückkamen, würde Sia sofort fragen, ob er nach ihrer Schwester in Gournia gesucht hatte, und er konnte ihr doch nicht sagen, daß er den Mut schon aufgegeben hatte, ehe sie Gournia erreicht hatten.

Mitten in der Bucht gingen sie vor Anker, eine Stelle, die Asterion eigentlich hatte vermeiden wollen. Die Ausläufer der Hügel versperrten teilweise die Aussicht auf das offene Meer. Aber wenn er das Schiff außerhalb der Bucht warten ließ, würde er, wenn er gezwungen wäre zu fliehen, wahrscheinlich nicht schnell genug zu seinen Männern gelangen können. Nachdem er die Situation mit Leander besprochen hatte, riskierte er es. »Wir bleiben nur kurz. Sobald ich Gournia besucht habe, fahren wir wieder aufs offene Meer.«

Schon aus der Entfernung war zu sehen, daß Gournia eine einzige große Ruine war. Die Stadt war an einen Hügel gebaut, der nach allen Seiten hin sanft abfiel. Von der Küste her sah sie aus wie eine leere Bienenwabe. Die Dächer waren größtenteils eingestürzt, nur die Mauern standen noch. Reihenweise standen die leeren steinernen Vierecke an den schmalen, überwucherten Straßen. Einige zerzauste Zypressen warfen Schatten auf die Mauern.

»Warte hier auf mich«, sagte Asterion zu seinem Schwager. »Du mußt nicht mit hinaufgehen. Ich finde das Haus auch allein.«

Leander sah ihm nach, als er langsam die steinernen Treppenstraßen erklomm. Nichts rührte sich, nur die Kronen der Pinienbäume schaukelten sanft im Wind.

Leander setzte sich auf einen Stein und wartete.

Auf dem höchsten Punkt des Hügels, da, wo das Haus von Sias Schwester gewesen war, stand Asterion und schaute auf die leeren Räume hinunter, wo einmal Menschen gewohnt hatten. In der Stille hörte er das ferne Meer rauschen. Und wieder hatte er das Gefühl, daß unsichtbare Blicke jedem seiner Schritte folgten.

Nach einigem Suchen fand er das Haus von Sias Schwester. Auch hier gab es keinerlei Anzeichen menschlichen Lebens. In windgeschützten Nischen hatten sich Aschenberge angehäuft.

Asterion drehte sich um und stieg den Hügel wieder hinab, langsam und vorsichtig, um nicht über den Schutt zu stolpern oder in den Dornensträuchern hängenzubleiben. Auf halbem Weg hörte er ein Geräusch und blieb stehen. Links von ihm, in einem halbüberdachten Raum, hatte sich ein Stein gelöst. Er hielt den Atem an, bis aufs äußerste gespannt. Zwei steinerne Stufen führten ins Haus. Vorsichtig stieg Asterion hinunter. Aus dem grellen Sonnenlicht kommend, mußte er sich erst an das Dämmerlicht im Innern des Hauses gewöhnen. Noch ehe er die Augen sah, spürte er die

Gegenwart lebender Wesen. Automatisch griff er nach dem Dolch in seinem Gürtel. In der hintersten Ecke stand eine Frau. Sie war in Lumpen gehüllt. Ihre rechte Hand umklammerte einen kurzen Dolch, der linke Arm war schützend um die Schultern eines Jungen geschlungen. Beide sahen angstvoll drein.

Asterion ließ seinen Dolch los. »Wer bist du?« fragte er, wobei er die Worte langsam und deutlich aussprach. »Du brauchst keine Angst zu haben, ich werde dir nichts tun.«

Sie hörte an seiner Aussprache, daß er kein Fremder war, und gab seine Frage zurück. »Wer bist du? Woher kommst du?«

»Ich bin Asterion aus Amnisos. Ich bin geflüchtet, nachdem der Stier gebrüllt hatte. Nun bin ich nach all den Jahren zurückgekommen. Warum sehe ich hier niemanden?«

»Wegen dem Boot«, sagte sie. »Du bist mit diesem großen Boot gekommen. Mit solchen Booten kommen die Männer von Mukènai nach Kaftor, um Sklaven zu fangen. Wer hier nach der großen Katastrophe noch am Leben ist, der flüchtet ins Landesinnere, wenn die Schiffe in Sicht kommen. Darum!«

»Aber warum finde ich nirgends eine Spur von Menschen? Warum sind die Häuser nicht wieder aufgebaut? Wo leben die Keftiou denn jetzt?«

Noch immer hielt sie den Jungen an sich gedrückt. »Es gibt nicht mehr viele«, sagte sie. »Die jungen und starken Menschen, die die Katastrophe überlebt haben, sind in den darauffolgenden Jahren von den Kriegern aus Mukènai verschleppt worden. Sie kommen in großen Schiffen vom Festland und entführen unsere Leute, um sie auf den Sklavenmärkten im Osten zu verkaufen. Wer noch hier wohnt, wohnt in Höhlen und unter der Erde. Hauptsächlich im Landesinnern, im Gebirge. Mein Sohn und ich sind die einzigen, die noch in der Gegend von Gournia geblieben sind. Warum bist du zurückgekommen in dieses verfluchte Land?«

Sie waren nach draußen gegangen und standen nun im Sonnenlicht.

»Hab keine Angst«, sagte er wieder. »Unten, am Küstenweg, wartet mein Kamerad. Erzähl mir alles, was hier passiert ist. Ich muß es wissen.«

Zehn Jahre hatte Asterion gewartet, in der Hoffnung, einmal in sein Geburtsland zurückkehren zu können. Hartnäckig hatte er sich geweigert, an den totalen Untergang Kaftors zu glauben. Innerhalb weniger Augenblicke wurde nun seine Hoffnung zunichte gemacht. Was die Frau zu erzählen hatte, war der traurige Bericht einer Aufeinanderfolge von Katastrophen. Schweigend vernahm er, was die Frau berichtete.

Der Stier hatte gebrüllt, die Flutwelle hatte die Küstenorte verwüstet, und die unbesiegbare Flotte des Minos wurde vernichtet. Ascheregen erstickte die Äkker, das Vieh starb, Hunger hielt Einzug auf Kaftor. Nachdem auch der Minos gestorben war und die Keftiou mit dem Mut der Verzweiflung doch mit dem Wiederaufbau begonnen hatten, kamen die kriegslüsternen Männer aus Mukènai in ihren schnellen Schiffen.

Bei solch einer Sklavenjagd hatte die junge Frau ihren Mann verloren. Kurz darauf wurde ihr Söhnchen geboren, und seither hatte sie in ständiger Angst vor den Angreifern aus Mukènai gelebt. Sie hatte einen täglich neuen Kampf ums Überleben führen müssen, um ihrem Kind eine Zukunft, wie elend auch immer, zu geben.

»Wenn du nach der Katastrophe einen sicheren Ort zum Leben gefunden hast, Mann aus Amnisos, warum kehrst du dann hierher zurück auf diese Unglücksinsel?«

Asterion wußte nicht, was er sagen sollte. »All die Jahre habe ich gehofft, einmal zurückkehren zu können. Die Keftiou gehören nach Kaftor...« Es klang schon längst nicht mehr überzeugend.

Sie packte ihn am Arm. »Der Mensch gehört dahin, wo Leben möglich ist«, sagte sie heftig. »Nimm mich mit! Nimm mich und meinen Sohn mit dorthin, wo du herkommst. Es kann nirgends schlimmer sein als hier!«

Etwas zerbrach in Asterion. Er war dickköpfig, aber kein Narr.

»Dann komm mit«, sagte er. »Ich bringe dich in ein Land, wo du noch leben kannst.«

Asterion ließ den Anker lichten und fuhr zurück nach Malia, um Wasser für die lange Reise nach Malet aufzunehmen.

Die Überraschung der Ruderer war groß gewesen, als sie ihre Anführer mit einer Frau und einem Jungen zurückkommen sahen. Aber was die Frau zu erzählen hatte, war für sie eine weniger große Überraschung als für Asterion und Leander. Schon lange hatten sie begriffen, was ihre Anführer nicht hatten sehen wollen. Sie hatten schon nach dem Besuch in Amnisos gewußt, daß man auf Kaftor nicht mehr leben konnte. Aber die Abenteuerlust, die jugendliche Neugier und das Versprechen, die Reise zu Ende zu führen, hatten die Oberhand behalten. Und die in Aussicht gestellte Belohnung spielte natürlich auch eine nicht geringe Rolle.

Asterion gab seine Befehle: »Hißt das Segel. Wir fahren zurück nach Malet!«

Zu jedermanns Verwunderung protestierte Leander. »Wir sind so weit gekommen. Du hast Antwort auf all deine Fragen. Ich nicht. Ich will wissen, was auf Strongili passiert ist. Wir sind ganz in der Nähe. Wenn wir die ganze Nacht hindurch weiterfahren, dann können wir morgen früh dasein. Ich will wissen, ob es dort noch Leben gibt.«

Wieder überließ Asterion die Entscheidung den Ruderern. Sie überlegten kurz und wurden sich schnell einig: »Auf einen Tag kommt es jetzt auch nicht mehr an!«

Asterion wendete den Steven nach Norden.

Die Nacht war hell und warm. Direkt nördlich von Malia lag die kleine, runde Insel, wo sich so viele Keftiou eine neue Existenz hatten aufbauen wollen, angelockt durch das, was die Seeleute über Strongili erzählt hatten. Dunkelblau, glänzend und flach lag das Meer im Mondschein. Ab und zu schob sich eine Wolke vor den Mond, dann wurde das Wasser schwarz. Die Männer waren neugierig. Auch die Frau und das Kind dachten nicht daran, schlafen zu gehen. Ständig wachsam suchten ihre Augen den Horizont ab. Sie kannten die Bedrohung durch Segel in der Ferne.

Es begann schon heller zu werden, als der Junge aufsprang. »Land! Da, der dunkle Fleck!«

Niemand konnte etwas erkennen, aber der Junge beharrte darauf. Es dauerte geraume Zeit, bis auch die Ruderer den dunklen Fleck auf dem Meer wahrnahmen. Leander kniff die Augen zusammen. Er sah die dunkle Silhouette, und doch konnte er nicht glauben, daß das Strongili war.

»Ich sehe einen spitz zulaufenden Berg in der Mitte. Das kann nicht Strongili sein, Strongili sieht vom Meer her viel flacher aus.«

Auch Asterion starrte auf die Insel, die nun im Licht des anbrechenden Tages immer deutlicher zu sehen war. Er wußte, daß zwischen Kaftor und Strongili keine andere Insel lag und daß er auch keinesfalls vom Kurs abgekommen war. Der dunkle Fleck da in der Ferne konnte nur Strongili sein. Da wich im Osten das Grau der Morgendämmerung einem hellen Leuchten, der Himmel färbte sich blau, und dann erhob sich die Sonne strahlend über dem Horizont. Auch die Insel lag nun in vollem Tageslicht vor ihnen. Aber Asterion und Leander erkannten sofort, daß sich etwas an ihr geändert hatte. Etwas mit den Farben stimmte nicht, und auch die Umrisse und Formen schienen sich geändert zu haben. Zweifelnd fragte Leander: »Weißt du sicher, daß wir nicht abgetrieben sind?«

»Unmöglich! Die Entfernung stimmt, die Lage stimmt. Es kann keine andere Insel sein.« Je dichter sie herankamen, desto höher schien die Insel aus dem Meer zu steigen.

»Da«, zeigte Leander, »dieser hohe Berg rechts, den kenne ich, und die gelblichen Felsen davor auch. Aber es sieht alles so kahl aus. Von hier aus gesehen müßte die Insel grün sein. Nur die steilen Abhänge waren kahl.«

Sie näherten sich der Südküste. Im grellen Sonnenlicht war keine Spur von Grün zu erkennen. Keine Pflanze, kein Baum. Wohl aber Felsen in allen Farben: rot, gelb, grau, schwarz.

»Da muß die Stadt gelegen haben!« Leanders Stimme war heiser vor Spannung. »Das hier ist doch die Südküste, direkt nördlich von Kaftor? Hier muß die Stadt gelegen haben, aber ich sehe kein Haus. Und die ganze Insel liegt viel höher als früher, die Abhänge sind viel steiler, als ich in Erinnerung habe. Bin ich vielleicht verrückt?«

Asterion erkannte Leanders Verzweiflung. Auch er hatte nicht sehen wollen, was die anderen schon längst gesehen hatten. Dieses war Leanders Insel. Dieses war Leanders verlorener Traum. Auch wenn er es gewußt hatte, erst jetzt, da er mit eigenen Augen sah, was geschehen war, drang es vollends zu ihm durch.

»Laß uns an Land gehen. Ich will auf den Abhang

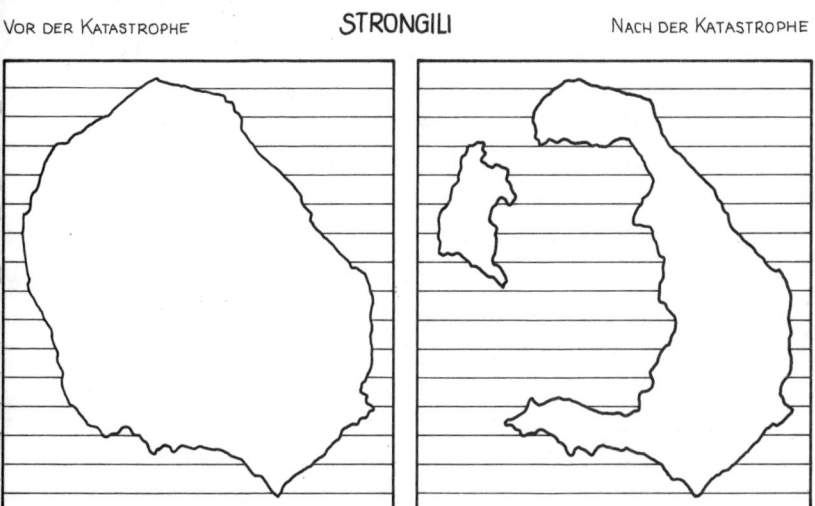

dort hinauf. Von oben kann ich das Landesinnere überblicken.«

Wieder ruderten Asterion und Leander von dem großen Schiff weg, das vor der Südküste wartete. Sie legten an dem schwarzen Strand an, bei der Stelle, an der Leanders Ansicht nach die Stadt gelegen hatte, die einst die ganze Insel beherrscht hatte. Sie erklommen den bröckeligen Abhang. Schwitzend erreichten sie den höchsten Punkt. »Von da kann ich das Landesinnere überblicken«, hatte Leander gesagt. Es gab kein Landesinneres mehr. Strongili, die Runde, war nicht mehr rund. Wo das grüne Landesinnere gewesen war, lag das Meer. Die Insel hatte die Form des zunehmenden Mondes angenommen. An der Innenseite fielen die schwarzen und roten Abhänge senkrecht nach unten ab und verschwanden im blauen Wasser. Dem großen, halbmondförmigen Inselteil gegenüber lag außerdem noch ein Stück Land, das ebenfalls einst ein Teil des früheren Strongili gewesen war.

Asterion faßte seine Vermutung in Worte. »Als der Stier gebrüllt hat, muß ein Vulkan entstanden sein. Die ganze Insel ist von glühender Lava überspült worden. Sieh mal, die Hälfte von dem Vulkankegel ist ins Wasser gestürzt. Und alles Leben ist verschwunden.«

Alles Leben? Jedenfalls alles menschliche Leben. Wo auf Kaftor noch die Überreste von Städten und Dörfern sichtbar gewesen waren und der Pflanzenwuchs sich im Laufe der Jahre von der Aschelage befreit hatte, war Strongili für immer unter einer enormen Lage versteinerter Lava verschwunden. Hier hatte die Suche nach Überlebenden überhaupt keinen Sinn. Die Männer stiegen wieder hinunter zum schwarzen Strand.

»Es muß hier ganz in der Nähe gewesen sein«, sagte Leander. »Die große Stadt, die Priesterhäuser, der dreieckige Platz, wo die Arbeiter ihren Lohn in Mehl und Wein und Öl ausbezahlt bekamen. Alles weg. Alles unter der Lava und der Asche verschwunden. Komm mit, es hat keinen Sinn mehr, hier noch länger zu bleiben.« Er nahm eine Handvoll von dem schwarzen Staub und ließ ihn durch die Finger gleiten. Dann betastete er einen Lavabrocken und drehte ihn hin und her. Zu seinen Füßen leuchtete ein weißlicher Stein.

»Nichts deutet mehr darauf hin, daß hier einmal

Menschen gelebt haben. Daß es hier Reichtum gegeben hat und Glück…« Mechanisch drehte er den weißen Stein mit dem Fuß um. Die Unterseite war ganz flach, farbige Linien waren darauf zu erkennen. Leander hob den Stein auf und polierte ihn. Die Linien nahmen Form an, die Form eines Vogels im vollen Flug. »Alles, was übriggeblieben ist von der prächtigen Stadt!« sagte Leander.

»Was meinst du? Was ist das?« Erstaunt hatte Asterion zugesehen.

»Es ist die Schwalbe, die mein Freund auf die Wand des Westhauses gemalt hat«, sagte Leander.

Einmal erschienen Segel am Horizont. Die Wachsamkeit des Knaben, der ständig auf Beobachtungsposten auf dem Vorderdeck lag, verhinderte, daß sie direkt darauf zu fuhren. Obwohl keiner der Mannschaft in der von dem Jungen angegebenen Richtung etwas erkennen konnte, änderte Asterion den Kurs. Er hatte nicht die Absicht, so kurz vor dem Ende der Reise noch das Risiko einer unerwünschten Begegnung einzugehen, und er vertraute den außergewöhnlich scharfen Augen des Jungen aus Gournia.

Das letzte Trinkwasser war verteilt, als der Junge erneut Alarm schlug. »Schiffer, ich seh' etwas am Horizont. Ich glaube, daß es Land ist.«

Es dauerte geraume Zeit, bis auch Asterion etwas erkennen konnte. Im Licht der Abendsonne leuchteten die Felsen der Südküste von Malet honiggelb. Wie eine uneinnehmbare Festung stieg die Insel aus dem Meer auf, stark und sicher! Augenblicklich kehrte Leben in die erschöpften Ruderer zurück. Sie griffen in die Riemen, um die Fahrt zu beschleunigen, um noch vor Einbruch der Dunkelheit die vertraute Küste zu erreichen. Einer von ihnen begann zu singen, ein altes Seemannslied, das Leander in den Hafenkneipen von Cheman gehört hatte. Er kannte Bruchstücke des Textes, wurde von der Fröhlichkeit der Ruderer angesteckt und versuchte mitzusingen.

Inmitten der allgemeinen Freude fiel die Schweigsamkeit der Frau nicht auf. Neue Angst schnürte ihr die Kehle zu. Würden die Bewohner jener Insel in der Ferne sie und ihren Sohn dulden? Würden sie sie nicht als Eindringlinge ansehen?

»Nimm mich mit, dahin, wo du herkommst!« hatte sie auf Kaftor gefleht. »Nirgends kann es schlimmer sein als hier!« Warum dann jetzt diese Angst. Angst ist ein schlechter Anfang für ein neues Leben. Sie sah auf ihren Sohn, der neben dem Schiffer am Steuerriemen stand. Automatisch strich Asterion ihm durchs Haar. »Für dich habe ich Arbeit«, sagte er. »Wenn du willst, kannst du auf meinem Schiff Ausguck werden. Ich hab' noch nie ein Besatzungsmitglied mit so scharfen Augen gehabt!«

Der Junge strahlte. Ein schwaches Lächeln erschien auf dem Gesicht der Mutter. Sie sah, wie Asterion den Arm um die schmalen Schultern ihres Sohnes legte und nach oben wies, zum Klippenrand.

»Siehst du da, hoch oben auf den Felsen, das gewaltige Bauwerk? Das ist der Tempel der Aussicht, die

Wohnung von den Geistern der Alten und das Haus der Großen Mutter von Malet! Dort bringen wir ein Opfer, als Dank für unsere glückliche Reise.«

Das Kind sah ihn begriffsstutzig an. »Opfer? Große Mutter?«

»Ach ja!« Seltsam, daß er, der sich all die Jahre für einen Fremden auf Malet gehalten hatte, vergessen zu haben schien, wie unbekannt ihm selbst lange Zeit die anderen Gebräuche auf dieser Insel gewesen waren. Über den Kopf des Kindes hin wandte er sich an die Mutter: »Malet ist ein gutes Land. Nachdem der Stier gebrüllt hatte, bekamen wir hier eine zweite Chance. Auch ihr bekommt jetzt eine zweite Chance. Ergreift sie. Lernt zu leben wie die Menschen auf Malet! Am Anfang wirst du vieles nicht verstehen. Meine Frau wird dir helfen, neu anzufangen. Sobald wir gelandet sind, sobald wir zu Hause sind.«

»Zu Hause«, hatte er gesagt. Und in dem Moment erkannte er, daß er zum erstenmal in seinem Leben mit »Zu Hause« Malet gemeint hatte.

Fremdworte und Namen

Argos	Peloponnes
Azila	(Phantasiename für das heutige) Marseille
Buggarag	(Phantasiename für das heutige) Borg in-Nadur
Cheman	(Phantasiename für das heutige) Valetta
Dikta	Kato Zakros auf Kreta
Gawl	Gozo, die Linseninsel
Große Grüne	Mittelmeer
Hapi	Nil
Höhle der Finsternis	Ghar Dalam
Iapygia	Südostspitze Italiens
Kaftor	Kreta
Keftiou	Kreter
Kemi (Die Zwei Länder)	Ägypten
Klein-Malet	Comino
Kursnos	Korsika
Malet	(ältester bekannter Name für) Malta
Mukènai	Mykene
Obsidian	Lavaglas
Orakel	Person, die ausspricht, was die Gottheit ihr eingibt
Riesentempel	Ggantija
Senarag	(Phantasiename für) Zebbug
Senabach	(Phantasiename für) kleiner Fluß bei Zebbug

Shardanen	Seevolk, Seeräuber auf dem Mittelmeer
Sicania	Sizilien
Strongili, »die Runde«	Santorin / Thera
Tempel der aufrechtstehenden alten Steine	Hagar Qim
Tempel der Aussicht	Mnajdra
Zinnland	Cornwall

Literaturverzeichnis

Alexakis, G. I., SANTORINI, HEUTE UND GESTERN, Verlag M. Tubis, Athen 1987

Bass, George F., A HISTORY OF SEAFARING, Thames & Hudson, London 1972

Bonnanno, Anthony, MALTA – AN ARCHAEOLOGI-CAL PARADISE, M. J. Publications Ltd., Malta 1987

Bötig, Klaus, GOZO (in: Merianheft Malta), Hoffmann & Campe Verlag, Hamburg 1989

Dominicus, J., MALTA, Uitg. J. H. Gottmer, Haarlem 1987

Edey, Maitland A., ONDERGANG VAN DE EGEÏSCHE WERELD, Time-Life International, 1975

Editorial Escudo de Oro, S. A., GANZ MALTA, Editorial Escudo de Oro, S. A., Malta 1988

Evans, J. D., MALTA, Thames & Hudson, London 1959

Evans, J. D., THE PREHISTORIC ANTIQUITIES OF THE MALTESE ISLANDS: A SURVEY, Athlone Press, London 1971

Lajta, Dr. H., MALTA MIT GOZO UND COMINO, Polyglott Verlag, München 1988

Luce, J. V., THE END OF ATLANTIS, NEW LIGHT ON AN OLD LEGEND, Thames & Hudson, London 1969

Lutke Meijer, G., SANTORINI, EEN GRIEKS KRAKATAU, Stichting Ivio, 1985

Marinatos, Nanno, KUNST UND RELIGION IM ALTEN THERA, Mathioulakis & Co., KG, Athen 1988

Mellersh, H. E. L., HET KRETA DER MINOËRS, Thieme
& Cie., Zutphen z.j.

Monsarrat, Nicholas, THE KAPILLAN OF MALTA, Cassell & Comp., Ltd., 1973

Morana, Martin, DIE PRÄHISTORISCHE HÖHLE VON
GHAR DALAM, Malta 1987

Reden, Sibylle von, DIE HÄUSER DER MAGNA MATER
(in: Merianheft Malta), Hoffmann & Campe Verlag,
Hamburg 1989

Renfrew, Colin, THE EMERGENCE OF CIVILIZATION –
THE CYCLADES AND THE AEGEAN IN THE THIRD
MILLENNIUM BC, Methuen & Co. Ltd., London 1972

Simmonds, N. W., EVOLUTION OF CROP PLANTS,
Longman, London und New York 1976

Trump, D. H., MALTA: AN ARCHAEOLOGICAL
GUIDE, Faber & Faber Ltd., London 1972

Vercoutter, Jean, L'EGYPTE ET LE MONDE ÉGÉEN
PRÉHELLÉNIQUE, Imprimerie de l'institut Français
d'Archaéologie Orientale, Le Caire 1956